［中国当代乡土小说文库］

山里山外

刘玉堂 / 著　　山东城市出版传媒集团·济南出版社

图书在版编目（CIP）数据

山里山外 / 刘玉堂著 . -- 济南：济南出版社，
2019.4（2024.2 重印）
（中国当代乡土小说文库）
ISBN 978-7-5488-3664-3

Ⅰ . ①山… Ⅱ . ①刘… Ⅲ . ①长篇小说－中国－当代
Ⅳ . ① I247.5

中国版本图书馆 CIP 数据核字（2019）第 066506 号

山里山外 / 刘玉堂著

出 版 人　崔　刚
总体策划 / 责任编辑 / 装帧设计　戴梅海

出版发行　济南出版社
地　　址　济南市二环南路 1 号 250002
网　　址　www.jnpub.com
电　　话　0531-86131726
传　　真　0531-86131709
经　　销　各地新华书店

印　　刷　山东百润本色印刷有限公司
成品尺寸　150×230 毫米　16 开
印　　张　7.25
字　　数　107 千
版　　次　2019 年 5 月第 1 版
印　　次　2024 年 2 月第 2 次印刷
定　　价　49.00 元

发行电话　0531-86131730/86131731/86116641
传　　真　0531-86922073

　　刘玉堂，文学创作一级，中国作协会员，曾任山东作协副主席，现为山东作协顾问。

　　自 1971 年开始文学创作，至今已发表作品 500 多万字，著有中短篇小说集《钓鱼台纪事》《滑坡》《温柔之乡》《人走形势》《你无法真实》《福地》《自家人》《最后一个生产队》《县城意识》《乡村情结》《一头六四年的猪》《山里山外》《刘玉堂幽默小说精选》，长篇小说《乡村温柔》《尴尬大全》，随笔集《玉堂闲话》《我们的长处或优点》《好人似曾相识》《戏里戏外》《所以说》等。作品曾获山东泰山文学奖，上海长中篇小说大奖，齐鲁文学奖，山东优秀图书奖，山东新时期农村题材一等奖，及《中国作家》《上海文学》《萌芽》《鸭绿江》《时代文学》等数十次省级以上刊物优秀作品奖，其随笔数十次获全国报纸副刊协会及省级报纸副刊协会奖。

　　刘玉堂被评论界称为"当代赵树理"和"民间歌手"，他的作品大都以山东沂蒙山农村为背景，描写农民的善良和执着，显现出来自民间的伦理、地域的亲和力和普通百姓的智慧与淳朴。他的语言轻松、幽默，常让人会心一笑。有关刘玉堂本人及其创作，著名作家李心田曾有诗道：

　　　　土生土长土心肠，专为农人争短长。

　　　　堂前虽无金玉马，书中常有人脊梁。

　　　　小打小闹小情趣，大俗大雅大文章。

　　　　明日提篮出村巷，野草闲花带露香。

乡村渐远　记忆永存

——中国当代乡土小说文库·刘玉堂专辑总序

刘玉堂

　　这套书里收录了我最深刻和最坦诚的记忆。

　　也是无论何时拿出来，我都不会为之脸红和惭愧的文字。它们记载了一个历史时期的段落，一片乡土的昔日，一种记忆的珍藏，或许没有美丽的田园牧歌，但有一种亲历者转述时的恳切。

　　国之虽大，无非两处所在：一是城市，二是乡村。国人虽众，亦分两群：一是城里人，一是乡下人。我是城里的乡下人。乡下人的习性和格局，注定了我只能紧紧抓着那些真正属于自己血脉里的东西。

　　本雅明评价《追忆似水年华》时说：世上有一种二元的幸福意志，一是赞歌形式，二是挽歌形式。前者容易辨认，但往往显得肤浅；而后者则往往被理解为苦役、患难和挫折的变体。我认同，所以也努力把这些文字编织成尽可能温情的乡土挽歌。

　　故而我写苦涩中的温情，无奈时的微笑，孤苦中的向往；有时干脆就是直接捧出一束未经任何加工的原汁原味的野草闲花献给你。用自己的语言，写自己的故事，是我自觉追求并努力实践着的。

　　大概十多年前，儿子新婚，依照家乡习俗要上喜坟。带儿子儿媳归乡，却找不到他爷爷奶奶的墓地。我无法描述彼时彼境，毕竟不知不觉间，我也很久不曾回到家乡了。所以，除了进入回忆和文字，否则我们绝无可能再回到那片我们一直赞美过的故土与时代。

　　人类的记忆又有很强的过滤功能。年代久远，许多痛苦甚至悲伤的事情会被过滤掉，留下的多是美好与温馨。"上山下乡"的知青故地重游，未必真的想重回当年的岁月，而是出于一种对青春岁月的留恋。

　　进入城市，或许才真正是几千年乡土中国的必然结局。中国乡土的昔日，其实没有什么美丽的田园牧歌，所谓的乡愁，可能也只是今日在城市中的我们，对记忆的美化，或者并不曾长在乡土之中的人们的臆想。

　　这也就不断提醒我们一个命题：如今的乡土文学应该怎么写？对此，我不能提供一个可期待的角度。但无论何时，我都偏执地认为，这种写作一定是面对自己的，充满诚意的，绝对不会丢弃审美与反省的。同时，这种写作应该赋予苦难以温情，而不是赋予苦难以诗意，至少保有一副写作者正常和普通的心肝，如果再有那么些许的使命感，就更好了。无论时代多么繁花似锦烈火烹油，小日子、小人物，活着，微笑着的众生，才是最值得我们保存和记录的。

　　最后，乡村要复苏，必然要抛弃传统的农耕方式和生活模式，而这些原本是乡村记忆的核心组成部分。乡土又是文明的缩影，即使我们远离村庄，依然也无法改变传承下来的行为方式。所以，我们永远是城里的乡下人，永远会记得起乡愁。但我们的后代可能不是，乡愁亦将与之无关。

　　乡村正在渐行渐远，如果有那么一天，曾经生养过我们这些人的乡土归于消逝，我还是天真地希望，这种消逝带着温情和平静，而所有关于乡土的记忆，则长久地保留下来。

　　亦希望，乡民的后代们进入城市，仍愿意读取先辈们性格中温情脉脉的那一部分记忆。

　　这是我不离不弃的期冀，而记录它们，则是我不离不弃的事业。

　　是为序。

2018-7-31 / 于济南

目　录

第一章　山里山外

在我们沂蒙山区的小县城里，若是写过几篇变成铅字的东西，便会莫名其妙地有点小威望，听许多溢美之词，来一些陌生客人。那年我从部队转了业，携妻带子地回家乡，家还没安好，便有许多热情得让人不安的陌生客人来给我"温锅儿"。他们各自一瓶酒、二斤肉地到你门上，你须入乡随俗，热情接待。老婆孩子一起动手，从还没拆开的箱子里找锅碗瓢盆、油盐酱醋，临时到不熟悉的邻居家里借跟来客数量相等的小板凳，请他们做客。他们的酒一般都喝得很沉着，喝一口酒，吃两口菜，然后把筷子放下，恭维你一番，夸奖你的孩子一通。你刚到一个新地方，人生地不熟，心里装着许多马上要办的事。眼下你的老婆孩子就在外边等着，要客人走了才能吃饭，你急得不得了，但脸上要做出从容而又自然的笑容，跟他们应酬。喝到一定程度，他们开始转入正题，从兜儿里掏出他们的大作，要你指导，要你推荐，就像你家开着编辑部似的。

回家乡半个月，我接待了这样的来客三十七人次，其中有三个神经方面有点小问题。这三个当中，有一个还跟我一个村。我出去当兵的时候，他还小，后来的几次回乡探亲，也没怎么注意他，所以他进门的时候，我一开始没认出来。当他恭恭敬敬地叫了我一声"爷爷"的时候，才知道他也是钓鱼台人。

他叫我"爷爷"，是庄亲的叫法，并不是年龄的原因，其实我跟他并不近，叫不叫的问题不大，但他却叫得挺亲，叫得我老婆很不自在。

我问他："有事啊？"

"见到您，很荣幸！"一种农村小学教师讲课用的普通话。

"我又没闹个师长、旅长的干干，你荣幸什么？"

他尴尬了一小会儿，从兜儿里拿出一张纸递给我："俺原来想写个小说的，没写成，只写了个题目！"

我一看，上面只一句话，叫"母亲在遥远的地方"。

"嗯，像个小说的题目！"

"您能写写俺吧？都是俺家的真事。"

"说说看！"

他突然就站了起来："我先唱一支歌您听吧？"

"唱吧！"

他便十分认真地唱道："妈妈啊……妈妈呀妈妈……"是日本电影《人证》里面的《草帽之歌》，他唱得不很准确，但很动情，眼里含着泪。我的上一年级的儿子让他吓了一跳，诧异得在旁边老实了半天。

唱完了歌，他便让人不得要领地讲起了他家的真事，虽然听起来费劲儿，但却触人心弦，有好几次，我差点儿让他感动出眼泪来。为着这个，我对他犯神经的原因动了恻隐之心，便根据他的请求，写了这个他家的"真事"。以下是正文。

他叫刘长生，小名叫"同意"。他叫这小名是随便起的，不是受某些红头文件的启发。有一年快过元宵节的时候，庄上来了个既卖糖葫芦，又卖用面做的各种小鸟的老头儿，拉着长腔在街上喊"糖沾儿来……虫艺儿！"这地方管各种小鸟统称"虫艺儿"。老头儿喊"虫艺儿"的腔调儿跟庄上人叫"同意"的声音相类似，他娘听见街上有人喊孩子的小名，替孩子应了一声，抱着他跑了出来，一看，原来是卖面鸟儿的，围观的人都笑了。打那，都管他叫"虫艺儿"。

"虫艺儿"的爹叫刘乃常，外号"指导员"。这外号是当着他的面的叫法，背后都叫他"半页子"。我到现在也不知道"半页子"的真实含意是什么。是指他说话"咬舌儿"？还是说他比一般人少个心眼儿？抑或是因为他脸上有点麻子（但不深），耳朵有点背（但不聋），动作有点迟缓（但不笨），还是因为别的什么？不知道。

他叫"指导员"的原因，是五十年代初期他当过三天兵。他是每年报名参军的积极分子。这三天兵，是他适龄期间所争取到的最好成绩。他从县城新兵集结点"复员"回来，很神气，言必谈"指导员"。他对那些参军还要识字班动员的青年嗤之以鼻，说他们是"指导员的挎包——成（盛）问题"。而他自己则很得指导员的信任，指导员曾亲自送给他半套军装。

人们叫他指导员，他很得意，三天兵的军龄，使他自我感觉良好。他有一杆"三八式"，走到哪扛到哪，在全村所有民兵中，经常以军事素质最棒自居。我小时候曾领教过一次他的最棒的军事素质。

钓鱼台村中有个关帝庙，关帝庙的前面有一个平台，平台的四周是铮亮溜滑的石凳。就像所有村庄都有一个人们爱去的地方一样，这关帝庙前的平台便是钓鱼台的文化中心。往常每当晚饭后，不等天黑，这地方就坐满了人。那段时间，因为春节将近，家家忙着办年，平台上就显得有点冷清。他是光棍儿，没多少"年"可办，而且春节期间是人最和蔼、兄弟们关系也最好的日子。他的外号叫"机智灵活"的哥哥在那些日子里自会请他吃喝，跟他叙手足之情，年办不办的问题不大。我因为还不到为办年操心费力的年龄，便一如既往地去那地方玩。他早在那里了，抱着枪，见我走近，以阿Q同小D打招呼的那种神情同我打招呼："吃饭了，小霄叔？"

他叫我叔的时候，连小名一起叫，有点不尊重。但不尊重的程度不很厉害，这地方兴这个，对不是很近、年龄又比自己小的长辈，都是这个叫法。

"吃了。"

"吃的什么饭？"通常人们问吃饭，只是一般的问候，就像城里人见面问你好一样。他对别人吃的内容感兴趣，八成与他自己的伙食一般化有关。

"煎饼。"

"咦！那好啊！要是来它顿煎饼卷豆末，再用红辣椒一抹，那简直就没治了！"他咂巴着嘴，有点馋涎欲滴的样子。

"看看你的枪行吧，指导员？"

"这可不是闹着玩儿的，我拿着，你在旁边看就是！"说着，他把枪平端起来，食指勾着扳机，做瞄准儿状，"看见了吧？打枪的时候就这样……"

"腾——"不远处一声爆竹响。

"叭——"他的食指一哆嗦，枪响了。

弹头打到对面墙上，又崩回来，擦着我的耳根飞过去了。

治保主任听见枪响，从家里窜出来，见他正在发愣，问道："怎么回事？"

"没……没寻思的，就响了！"

"浑蛋！你这熊样儿的，还能当民兵？"说着，把他的枪给下了。

打那，就再没见他背过枪。他还是不是民兵不知道，但"指导员"的外号还照常叫，只是叫的时候，多了些另外的意味儿。

"指导员"很喜欢办公事。村里开会下个通知啦，春节过后队里请烈军属吃饭的时候提壶端盘子啦，"玩十五"给高跷队打灯笼啦，谁家死了人往外抬棺材啦……他都愿意干，没人叫他，他自己就去了。干的时候很负责，有一种非我莫属的神情。他之所以喜欢干这个，也不是由于觉悟方面的原因，而是出于一种兴趣，一种爱好，抑或是一种虚荣，不管什么场合，总想露露脸儿。

他这种瘾头儿挺大，只要能露脸儿，脏点儿累点儿也不在乎。先前这地方杀猪是要燎毛的，燎毛之前需在猪腿上割条小口，再拿通条从小口里捅进去，在猪的皮和肉之间捅出几条通道来，然后用嘴对着猪腿上的小口往里吹气儿，把猪吹胖，滚瓜溜圆，以便在开水烫过之后好燎毛。

往猪腿上的小口里吹气儿的事，按理该杀猪人干的，但他们往往嫌脏不愿意干。这时候只要"指导员"在场，他便不放过露脸的机会。

他吹气儿的时候很卖力，一口气吹得时间很长，像故意显示他的肺活量似的，脸憋得发紫，腮鼓得很高。在吹气儿的过程中，为了让气流通得快一些，还需拿棍子在猪身上敲，猪毛里的细粪尘土便飞扬起来，落到他的脸上、他的头发里。吹完之后，他"呸、呸"两下，吐出嘴里的腥气，擦擦唇上的血污和腮上沾着的猪腿上的粪便，讲它几秒钟的卫生。这时候，自会有人夸奖他一通："指导员，真能干！""嘿，看人家这气儿吹的！"他便十分得意，跨步格外高远地离去了。

他放羊。单干的时候，全村各家的羊都由他来放，他便轮流到有羊的家里去吃饭；集体的时候，他也放，挣工分，在自己家里吃。夏末秋初，是吃山羊的季节，庄上经常有杀羊的。杀羊的时候，他不到场，不像杀猪的时候那样喜欢去锻炼肺活量。

放羊这活很辛苦，风餐露宿，早出晚归，饿了啃干粮，渴了喝凉水。而且还有一种比辛苦更让人难熬的东西：整天一个人在山上，没有露脸儿的机会。这时候，他会唱两声，唱那种他自己谱曲填词、谁也听不懂的歌或戏。诸如："叽咕烂蛋欢、欢，八咕噜嘟钱，叽米嫂拉睐，稀糊拉达山"，中文不像中文，外文不像外文。他还会唱《五哥放羊》，唱得不准确，但很有感情：

> 正月个里，正月正，
> 正月那个十五挂红灯，
> 红灯那个挂在大呀门外，
> 单等着五哥快回来！

他想到自己在山上放羊，家里没人等，心情很复杂，眼角里常常湿润上一小会儿。

他已到了"触景生情"的年龄了。

钓鱼台村外有条河，河边有片柳树林，到了中午该歇晌的时候，"指导员"便把羊群赶到柳林里去避暑，他自己则四仰八叉地躺在树荫里，罩着苇笠枕着鞋，美美地睡它一小觉。

这天中午，他把羊群赶到河这边柳林里去歇晌，自己回家去吃饭。过河的时候，遇见他嫂子王艳花在小桥旁边洗衣服。王艳花这时候三十五六岁，正是身体各处都丰满的时候。裤腿儿挽到膝盖以上，两截白嫩丰满的腿肚子浸在水里，上身穿短袖带大襟儿的月白褂，露着一双圆圆胖胖的白胳膊，胸前突出着双乳的轮廓，随着她搓衣服的劲儿在颤颤巍巍……"指导员"上午正唱过《五哥放羊》，这会儿望着水中的那两截腿肚子便愣住了。王艳花衣服洗得专心致志，一开始没注意他，他就有一点由此及彼地细看和脑瓜儿复杂的时间。他想到没分家的时候，嫂子经常跟他开玩笑……他想到，天热的时候，她让"机智灵活"给她洗脊梁，此时便想把她泡在水里，抹上肥皂，"咯吱咯吱"地洗上她几遍……想着想着，他的脸色开始不对头，喘气开始不均匀，没等王艳花发现，"扑通"一下迈到水里把她抱住了。她"啊"的一声吓了一跳，他便抱着她愣怔了一小会儿。

等她醒过神儿来，她挣开身子："你找死啊？"

"死、死了也值得！"

"啪"，一记耳光，"没撒泡尿照照你那个熊样儿！"

一记耳光一副镇静剂，他丢毁了堆（方言：指丢人丢大发了），饭也没敢回家吃，往柳林里跑了。

他三四天没敢回家，他怕王艳花告诉了"机智灵活"。后来当他试探着回到家的时候，没发现有异样的情况出现，而且他碰见"机智灵活"问他"吃饭了？"的时候，他还说"吃了。"他放心了。

她没告诉她丈夫，"指导员"很感激，在一段时间里经常帮她推磨压碾抱孩子。

再过些年，闹灾荒，从北边来了许多要饭的。沂蒙山穷，也闹灾，但山的容量很大，富，不太容易富起来，穷，也穷不到哪里去。

这天，钓鱼台来了个十八九岁的要饭的姑娘，长得不难看，穿得不破烂，饭要得也不熟练。女孩子家这种年龄正是要脸的时候，不到实在没了办法不会出来要饭。待要到王艳花门儿上的时候，王艳花把她留下了。

她叫张惠英，上过三年学，父母都去世了，哥嫂对她一般化。一人一天二两口粮，全家的不够一个孩子吃，嫂子整天说话给她听，使脸子给她看，她就出来了。

王艳花对她很同情，陪了几滴眼泪出来。三句话一投机，两人就认了干姊妹。

头年，"指导员"因为在王艳花身上犯过错误，在河边抱了她一小会儿。这时候，还偶尔过这边来帮她推磨压碾抱孩子。他来送孩子的时候，发现嫂子家多出一个人，以为是她娘家方面的亲戚，便没往心里去，嘴里照样敲着锣鼓点儿、"叽咕烂蛋欢、欢，叽咕噜嘟钱……"

张惠英觉得挺好笑，问王艳花："这是谁呀？"

"'指导员'，俺小叔子。"

"指导员？是转业干部？"

"啊……啊，差不离儿吧。"

"这人真逗！"

"怎么了？"

"怪乐观！"

"乐官？乐—官—"王艳花当年识字班上得马马虎虎，不知道"乐官"属于哪一级，反正是一种官儿，又赶忙应道："啊……啊，也差不离儿吧！"

她俩经常去山上挖野菜。这时候王艳花便会向张惠英介绍一番钓鱼台的地理概貌，介绍她丈夫为何叫"机智灵活"。张惠英便知道王艳花的丈夫，十四岁的时候当过一年维持会长，偷过鬼子的两个罐头，却误认为是炸药给扔了。后来，他给小学生做报告，便说他"从小参加革命，机智灵活地破坏鬼子的军火供应"，打那，都管他叫"机智灵活"。王艳花露着自得的神情，介绍完了她丈夫，又歌颂一番"沂蒙山上好风光，风吹草低见牛羊"，说到"风吹草低见牛羊"的时候，便自然谈起"指导员"，虽然他只放羊，不放牛。谈他助人为乐的好心眼儿，谈他羊放得多有水平，偶尔也说一些她自己十七岁就出了嫁的好处和乐趣。

经过一番较长时间潜移默化的"沂蒙山好"的启蒙教育和感情培养之后，王艳花开始转入了正题。

"惠英妹，你来咱家时间也不算短了，你觉得咱这里怎么样？"

"挺好的。"

"指导员呢？"

"也不错。"张惠英不知道她的用意，不加思索地说。

"你这不是真话！"

"是真话！"

"我看他也就一般化，人长得丑了点儿，跟俺那口子一个熊样儿，年纪嘛，也大了些！"

张惠英悟出了她的用意："你是不是想……"

王艳花一下给她跪下了："妹妹，委屈你了！"

张惠英哭了。

王艳花也哭了："俺寻思咱姊妹俩怪合得来，离不开你，可这样下去也不是办法啊！就想了这么个主意。你要不同意，也别犯难为，只当姐姐我放了一句狗臭屁！"

人说"吃人家的嘴短"，又说"不怕愣，就怕敬"，在这种情况下，张惠英能说什么？

这么的，张惠英嫁给了"指导员"。

他俩结婚的时候，我还去闹过他们的洞房来着。按说，当叔的不该去闹，终究还是去闹了的原因，一是那时我还小，二是他跟别人也没大没小，那晚上爷爷辈儿的也有去闹的。

婚礼办得很简朴，但羊还是宰了的，在院子里煮了一锅。他哥哥"机智灵活"这时候对他格外亲切，一边啃着羊腿，一边替他跟来客打招呼；也很热闹，他人缘儿不错，那些先前死了人他去帮着抬过棺材的人家，单干的时候家里有羊的人家，也都凑了份子，给他买镜子、挂帐子，连家住东里店、给沈鸿烈当过几天秘书的历史反革命胡尧才也给他写了对联。竖联的内容忘掉了，横联是"三面红旗"。这人的毛笔字写得很绝，在方圆百八十里之内很有名，当着历史反革命，但牛皮烘烘，一般人请他写字不很容易。他给"指导员"写对联的原因，是他跟王艳花的爹是拜把子兄弟，跟"指导员"自然就有点拐着弯儿的亲戚。他这对联的内容，据后来"文革"中的揭发者说，有冷嘲热讽、旁敲侧击的味道，但这是后话。

张惠英看见自己的婚礼办得挺像回事儿，感到了山里人的温暖，挺感激。当屋子里只剩下她和"指导员"的时候，她眼泪汪汪地对他说：我什么东西也没有，就只有我这个人儿！

他结结巴巴地回答得挺有水平：娶媳妇就是娶的人儿，又不是娶东西！

窗外有几个半大不小的孩子听见了，往后见了张惠英就管她叫"人儿"：

"吃饭了，人儿？"

"人儿，洗衣裳去呀？"

她听了也不恼，头一低就过去。

"指导员"结了婚，像换了个人，往猪腿上的小口里吹气儿的事也干得少了。"人儿"对他说："你要学得值钱一些，别净干些丢人现眼的事，"把嘲笑当成夸奖！"但谁家有什么正经事需要帮忙，他仍然很主动，"人儿"也不拦他。

很快就到了"调整"时期，钓鱼台搞起了"三自一包"，"指导员"也过上了"煎饼卷豆末，再用红辣椒一抹"的生活。他滋润得不得了，虽然这时候他已经不放羊了，但"红灯那个挂在大呀门外，单等着五哥快回来"的小曲儿还照常唱。他想到屋里有了办饭的，家里有人等，心里很充实。

他也仍然喜欢在嘴里敲锣鼓点儿："叽咕烂蛋欢、欢，八咕噜嘟钱……"

"人儿"听见便说他："都快当爹的人了，还跟个孩子似的！"

"指导员"听见自己快要当爹了，愣怔了一小会儿，完了便一蹦高，感动得不知干啥好，抱着"人儿"叫了好几声"小娘"。

第二年一开春，"指导员"果然当上了爹。他的儿子便是"同意"，会写小说题目的那个。

往后，"人儿"听说家乡那里建起了个大油田。油田就油田，不关咱老百姓的事，她也没动啥念头儿。看见庄上的大姑娘、小媳妇逢年过节的走婆家，回娘家，心里也难受一阵儿，可难受一阵儿也就作罢，她忘不了哥嫂的那些脸子。姑娘的心不是好伤的，伤了能记一辈子！

邻近村里有几个跟她同种情况的，这时候有的回去走过娘家了，也有一去不回来的。王艳花听见了，教给"指导员"："同意他娘要是提回娘家的事，你可不能答应啊！"

"嗯！"

"你把钱藏个她不知道的地方，她要偷着走，也叫她没盘缠！"

"嗯！"

可"人儿"根本就不提回娘家的事，而且他自己藏钱也有困难。他不识字，先前家里都是她当家，要是猛不丁把不多的几个钱要过来，也不好意思。没两天，他把王艳花教给他的话，全对老婆说了。"人儿"说："一日夫妻百日恩，你看你老婆是那种人吗？"

他说："不是，不是！"

"你还担着心吗？"

"你越对俺好，俺就越怕你走了！"

她想试试他："俺走了，你不会再找个好的？"

"像你这么好的，俺到哪里去找？"

"你老婆好什么，一个臭要饭的！""臭要饭的"是个很难堪、很敏感的字眼儿，她为自己说出的这话伤了心，她哭了。

"指导员"安慰她："再别提要饭的事了，俺从没说过你是要饭的。要是有办法，谁愿意干那个？又不是报名参军。可话又说回来，也多亏你要饭哩，你若不要饭，也不会嫁给俺！"

"人儿"破涕为笑了："你这个死人，死疙瘩呀！"

人人都说"机智灵活"的老婆王艳花就这件事办得还差不离儿，有点人味儿，给她小叔子找了这么个好媳妇。

那时节，这地方对好媳妇的评价主要看两条：一看长得俊不俊，二看煎饼摊得薄不薄。用这两条标准去衡量，"人儿"比王艳花还略高一筹。因为"人儿"年轻，不用很打扮就比王艳花受看，而且煎饼也比王艳花摊得薄。

提起王艳花摊煎饼，到现在庄上还流传着"两个口"的笑话。王艳花在家当姑娘的时候，懒点儿，馋点儿，煎饼摊得很一般化。嫁给"机智灵活"的时候，"机智灵活"的娘还在世，他娘煎饼摊得就不咋地，"机智灵活"经常发牢骚："摊得这么厚！"对伙食说好道歹，是整劳力（方言：指能挣满工分的整壮男子）的标志，表明他辛苦，他有功，这伙食的原材料是他挣来的。

这天，"机智灵活"回家吃饭，拿起煎饼又发牢骚："又摊得这么厚！"

他娘说："是你媳妇摊的！"

"噢，是两个口！"其实是一个。他把一个煎饼的厚度说成两个，证明他媳妇煎饼摊得薄一些。

这么说，不是说王艳花就配不上"机智灵活"，不是的，以"机智灵活"的德行和形象，能找到王艳花就算不错。

所以庄上的一个民办教师就这么说："你看这家弟兄们咹？一个个长得蒜白子样的，可找的媳妇一个赛一个，简直可以为'好汉无好妻，赖汉子娶美女'作注解了！"

因为"人儿"比当年曾把"指导员"馋得犯过错误的王艳花还要好一些，而且还担着她要回娘家的心，"指导员"对"人儿"的疼爱那是竭尽全力的。农忙的时候，"指导员"中午不回家吃饭，"人儿"给他捎的饭是玉米煎饼卷鸡蛋。男人们中午在坡里吃的那顿饭很微妙，有经验的主妇，通常都把那顿饭做得很有分寸，既不做得质量特别高，高了会露富；又不做得特别寒碜，寒碜了会丢丈夫的人。

这时候，"指导员"手里攥着金黄的煎饼在人多的地方转上一遭，然后找个僻静的地方把煎饼吃掉，把煎饼里卷的"内容"留下来，带回去给"人儿"吃，"人儿"见了往往会生气。

"指导员"到庄外去干活的时候，一出庄就把鞋脱了，搁手里提溜着，进村的时候再穿上。他穿鞋不费，别人穿三双，他一双还穿不烂。"人儿"从别人的嘴里听说她丈夫"把鞋穿在手上"，埋怨他，他"嘿嘿"着："你做得那么好，不舍得穿，俺穿得省一点儿，你就少做一双，少受点累！"

"人儿"嘴上生气，心里却热乎乎的。

这一段，大概是"指导员"整个生活中最美好的时期了。任何人的好日子都不会平均过的。

说话间便到了"文革"，钓鱼台人的生活又回到了"人儿"来要饭时的那个水平，更重要的是，还要比那时多出许多麻烦。

以那个民办小学教师为首的造反派认为：钓鱼台人人都拥护社会主义，唯有一个不拥护的就是"人儿"，她用要饭的行动来诬蔑社会主义。

"大历史反革命胡尧才，一贯牛皮烘烘，连公社书记请他写字他都不写，为何偏偏给一个臭要饭的写对联？还含沙射影，旁敲侧击地影射'三面红旗'，难道这是偶然的吗！难道……"

对张惠英来说，反革命倒不怎么可怕，最使她敏感、忌讳和伤心的是"臭要饭的"。这话她自己说可以，别人说她受不了。加之民办教师经常找她"个别谈话"，他的眼经常在她身上的某一部位搜索。民办教师先前对蒜臼子似的"半页子"找了这么个漂亮媳妇，曾一直愤愤不平来着，而他本人如果是好汉，他自己的老婆也可以为"好汉无好妻"作注解的。

"人儿"回到家经常哭，"指导员"这时候便没了办法。这天，他把猪卖掉，拿出卖猪的钱给"人儿"："同意他娘，你回娘家吧！"

"人儿"倒动过这方面的念头，只是一直不好意思开口，如今见丈夫说出了这话，却又不忍心："俺走了，你咋办？"

"俺是爷们儿，好说！"

"你好好带同意啊！"

晚上，同意睡了觉，"指导员"用独轮车把"人儿"送出二十多里地。待到分手了，他哭了："以后，就是见不着你，俺这一辈子也知足了！"

她也哭了："不许你说这个，俺又不是不回来了！"

然而，"人儿"却终究没有回来。

这年秋天，队上分粮食的时候，"指导员"发现少了一口人的口粮，方知道老婆的户口已经起走了。老百姓的户口卡片都是大队会计管着的，会计不给他说，他自己也就不知道。那年头儿，老百姓把户口跟结婚证分不清，户口走了，便觉得结婚证也没了用处。

"指导员"带同意，很苦。到现在庄上还流传着一句歇后语，叫"指导员带孩子——喂精饲料"。他把喂羊的经验运用到带孩子上，经常炒豆子给同意吃。傍晚时分，关帝庙前的平台上，人们正围成堆儿闲拉呱儿，猛不丁听见"嘎巴"一声，那便是同意嘴里发出的。人们听见这声音，一开始心里还难受上一小会儿，时间一长，便出来那么一句歇后语。

吃炒豆儿长大的同意，牙很好，身子很结实。

同意经常问"指导员"娘哪里去了，"指导员"告诉他："你娘在很远很远的地方。"这话，同意从小就印象很深。由此使人想到他能写出那样的小说题目的原因。

"俺娘怎么还不回来呢？"

"兴许山外比咱山里好了，那里要是遭了灾，比山里穷了，她就能回来了！"

同意便盼着他娘那地方能遭灾，比方让黄河水淹个一塌糊涂什么的。

然而山外始终没遭让"人儿"再要饭的那种灾，"人儿"也便终究没回来。

同意上学上得马马虎虎，好歹挨到初中毕业，便下了学。他也喜欢办公事儿，谁家来了人，他老远看见了，跑到那家送个信儿啦；上边儿来了当官儿的，在队部里侍候的时候，提壶端盘子啦；杀猪剥皮的时候，拽个猪腿啦……他都干。

他仍经常向"指导员"要母亲，哭起来能"嘤嘤"一天一夜。时间长了，他的神经开始有点小问题，不知什么时候就跑出去了，村里的人到处找。他拿着"母亲在遥远的地方"的小说题目来找我的时候，就正犯着神经。傍晚，他动不动便站到钓鱼台村东的山梁上撕肝裂肺地喊"妈妈——娘啊——"，山梁离村不近，听起来隐隐约约，使人想到《卖花姑娘》里面花妮的妹妹在黄昏的雪地里哭喊"姐姐——"的那种声音，那种氛围。

王艳花给"指导员"出点子："去找找同意他娘呗！你不是还有那个证？"

"指导员"便又卖了猪做盘缠，父子一块儿去寻"人儿"。

山外的世界很大，但人找人并不难。当"指导员"父子从张惠英的娘家又有目标地找到油田指挥分部家属区的时候，便找到了。

爷俩儿先去一家饭馆吃点什么。

一个服务员模样的女人直瞅他俩："山里来的？"

"嗯。"

"咦！怎么怪面熟呀？"那女人的眼睛在两人的身上来回寻摸一阵儿，声音突然发颤地："是钓鱼台的？"

"你……"

"你可是乃常吗？"

"指导员"嘴唇哆嗦了半天，没说出话来。

"这是同意吧？"

"指导员"点了点头。

那女人的泪水"哗"地流出来，一下把同意抱住了："我是你妈呀！"哭着把他俩领到外边的一个墙角里。过路的人看见这三个人低声地哭了好长时间，都挺纳闷儿。

"你俩先等一会儿……我去请个假，咱回家！"张惠英很快就从饭馆里出来了，"指导员"这才敢看她一眼：她并没见老，而且脸上白胖了许多，他突然有点犹豫。

"走啊！"她催促他。

"俺、俺不去了，在这里见见就行了！"

"……他知道！"

她在前边领着，有点神不守舍：你俩再、再等一会儿！

她走进一家商店，买了一瓶酒出来，塞到"指导员"的挎包里："你就说是你买了给……他的！"

他心里一热。

她的神色也稍稍自然了一些。

张惠英的家很不错，独门独院，院子里架着葡萄养着花，屋子里是土洋结合，有八仙桌，还有沙发。

她手忙脚乱地招呼他们坐下，拿糖、沏茶，沏茶的时候，她将暖瓶盖儿放到茶壶里去了，又慌忙往外倒暖瓶盖儿。

她坐下，看着同意："都长得这么大了！"

"指导员"泪眼婆娑地："孩子想你啊！都想出病来了……"

张惠英的眼泪唰地流出来："委屈你爷儿俩了，对不住啊！他让我打信的，也没打，他挺喜欢孩子……"

三个人傻坐着，同意怔怔地。好半天，张惠英又问道："没上学呀？"

"上了，也不中用！"

张惠英看一眼挂钟："他过一会儿才下班儿，他在厂里看大门儿，厂里照顾他，要不，我去叫？我去叫吧！"

她起身出去了。走到门口又回来了："他姓陈！"说完，又二番往外走。

门外传来"笃笃"声，张惠英扶着一个人进来了，那人一条腿，拄着拐杖，个子很高，脸膛很大，上身很魁梧。

"你就是刘大哥？"一进门，他便说。

"啊……啊！""指导员"尴尬地答应着。

"你叫同意了？"

"是……大叔。"

"都这么大了！坐，坐下！"他嗓门儿很高，挺和气，"给准备几个菜，咱们好好喝两盅！"

"同意他爸给你带酒来了！还有沂蒙山的栗子、柿饼、大红枣！"

"是吗？那好！那好！"

张惠英管现在的丈夫叫"老陈"，管"指导员"叫"同意他爸"。老陈酒喝得很猛，一口一杯，几杯酒落肚，话多起来了。"指导员"这才知道，老陈跟张惠英原是一个村，两个自小就不错，虽然关系没明确，可也算得上是青梅竹马。困难时候，张惠英进了沂蒙山，老陈去油田当了钻井工，一次事故中，他的腿让倒塌的井架给砸断了。张惠英回来的时候，他还在家里躺着。

"她当时是可怜我，我也知道她已经结了婚。可……钻井的油鬼子，就是好好的也没谁愿意跟；如今腿断了，谁还瞧得上？那时候，在山里结了婚，回来又找主儿的也不光她；加上我年龄不小了，就……对不起你呀，老哥！"说完，老陈站起来一鞠躬，却忘记了拄拐杖，一下子摔倒了，他竟趴在地上"呜呜"大哭起来。

"指导员"将他扶起来："俺没怨你呀！大兄弟！"

"你应该告她！"

"告她什么？"

"告她重婚！"

"俺怎么能……"

"你……好人啊！"

这时候，张惠英将同意安排到另外一个房间里睡下，刚走进来，便听见老陈大骂"化工厂里的毛孩子"，骂他们"一个个的全是废物，晚上一个人看大门看不住"，骂完了，便拄着拐杖趔趄着站起来："我该走了！我去值班！你留下！我不行，没孩子……"

"老陈！你醉了，说胡话！"张惠英拽住他。

"老子没醉，你们……干就是！都有证儿！"说完，一下把张惠英推开了。

拐杖触地的"笃、笃"声在院外消失了，屋子里只剩了他和她。两人茫然了一会儿，张惠英忽然笑起来："要不，你就听他的吧！他准了！"她偎到他的怀里，开始用手抚摸他的脸："你老多了！"

他惊慌了一会儿，便将她紧紧地抱住了。他又感受到了那种他熟悉的女人的气息，她的身子很温顺……这时候，却又看见她的脸被泪水沾湿了，他马上挪开身子："同意他娘，俺这就走！"

"上哪？"

"回去！"

"你疯了？"

"让同意在这里多住些日子吧？他想你啊！"

"这黑灯瞎火的，你就是不……也得等到天亮啊！"

"不了！俺到车站待着，盘缠还有！卖的猪！噢，老陈说的那个证儿俺带来了。"说着从怀里掏出两张结婚证，划着一根火柴，点着了，"你让老陈放心吧！"

她哭倒在他的怀里："他是喝醉了，他不是说的这个意思！"

"俺知道他是好人，这回咱都放心了！山里的日子也跟山外一样，好了！就是同意上学上得不咋地，老陈要是喜欢孩子，就把他留在这里！"

"你呢？"

"俺好说！"

她哭着捶打着他的胸膛："你这个死人！死疙瘩呀！"

自打那回同意让我看过他写的小说题目之后，三年多了，就再没见过他。最近听钓鱼台的人说，同意考上了油田的一个中等专业技术学校。张惠英倒是经常来看"指导员"，"指导员"借着看儿子也去过几回。两家走动得还挺勤，像走亲戚似的。

第二章　自家人

　　我二姐刘玉洁上过几天学，对新生事物特别敏感。她要听说个什么新鲜事儿，绝对要好奇，要激动，并尽力去效仿。五十年代，农村里边还不兴用报纸糊顶棚，但她到县城开了几天会，回来即用报纸糊。她是我们村唯一订报纸的人。报是《中国青年报》，经常登些"生活小窍门"之类的新鲜事儿，她往往还没完全弄明白，就开始效仿。有一回，上边儿登了个用鸡大油擦家具可使家具明亮的小窍门，她即经常用那玩意儿擦桌子、椅子、箱子、橱子。擦过之后，确实能明晃晃的不假，但却很容易招灰，而招了灰就更不容易擦。如果有什么稀奇事，不管她正干着什么，她都要窜出去看。比方她正炒着菜，锅里的油热着，而街上突然传来吵架声，她肯定要抄着锅铲子窜出去看。我大姐临出嫁的时候曾拧着她的耳朵反复叮咛："以后你千万不要听见风就是雨、街上发生一点事就往外窜了行吧？我最不放心你的就是这个。"她当时答应得好好的，过后也稍微改了一些，可外边儿有吵架的她不窜了，来了耍猴的她还是要窜。她还喜欢结交一些漂亮的女工作同志，甭管她是不是右派，犯没犯过错误，三句话一投机，就跟人家拜干姊妹。因此上，一些工作模样的女人就经常来我家住宿吃饭。那些人走了之后，她还注意总结一番各自的脾性、学识乃至身世特点：老曹参加革命的时候是逃婚出来的；小林喝面条出汗，大热个天儿中午睡觉盖被子却不出汗；肖亚男是知识分子工农化的典范，唱歌也特别好听。仿佛她招待人家住宿吃饭就是为了知道她们一点这个——表现了 A 型血质的某些特点。

　　知识分子工农化的肖亚男，是县农业局的技术员，钓鱼台又是推广农业技术的一个点，她就经常来我们庄，来到就在我家住宿吃饭。她还有我家大门的钥匙。有一天，我二姐到我大姐家去了，可我放学回来却发现四门大开，进家一看是她躺在我二姐的床上呼呼大睡。她是我二姐最铁的姊妹之一，当然就很漂亮，不漂亮我二姐也不会跟她铁。她睡觉的姿势确实就很工农化，四仰八叉，嘴角上还淌着哈喇子。我故意弄出点动静儿，将她惊醒，她一骨碌爬起来，叫着的我小名问道："放学了？"

我那年大概十三，我二姐比我大六岁，她比我二姐小一岁，说明她是十八。我先前对她印象一直不错，觉得她挺漂亮、挺和蔼，每次来我家还带些小人儿书给我。我知道小动物能说话的文章叫童话，是她告诉我的。我整个少年期间学习一直比较好，同时开始做作家梦，与她的影响和熏陶也有关。我的书包是她买的，我第一次吃香蕉也是她提溜来的。——关于吃香蕉的问题，我后边还要说，此处就不多啰啰儿。可十三岁的少年对女人是多么挑剔，她那个睡觉的姿势，就让我一下对她没了好感，遂答应得不热情："放了。"

"二姐呢？"

"去大姐家了。"

"中午吃什么？"

"吃煎饼就咸菜。"

"那怎么行，我赶快给你炒菜，我也没吃饭，咱们一块吃。"她说着即到厨房里寻摸了一圈儿，提溜出一捆韭菜开始择，她说："你把自行车推给那个老华子让他给我修修，骑着骑着链子就掉了，这一路简直让它折腾毁了堆啊！"她说话也非常工农化。

待我送自行车回来，她正在动作麻利地做韭菜炒鸡蛋。她对我家的柴米油盐比我还熟悉，支使我也跟支使她的亲弟弟似的。虽然是先前她经常在我们家吃饭，但我从没单独跟她吃过，这次单独跟她一起吃，就有点不好意思。她还来了个反客为主，一个劲儿地让我："吃菜呀！"

她越让，我就越不好意思。我夹起一筷子菜卷到煎饼里，即耷拉着个脑袋扭着身子在那里挨。她还注意缓和气氛，没话找话说："好家伙，李香兰昨天到咱县城去唱戏了呢？"

"李香兰是谁？"

"沂水京剧团的主角呗，没听说吗？宁愿三年不吃盐，也要看看李香兰？"

"没听说。"

"二姐最喜欢她了，哎，二姐去大姐家干吗？"

"谁知道！"

"今天回来吗？"

"说是要回来的。"

"这个二妮子,知道我这两天要来,她还去大姐家!"

吃了饭,她拾掇着碗筷,说是:"你上学去吧,家里的事你甭管了。"

我下午放学回来,见我二姐也回来了。她二位正在那里疯狂地笑话我大姐的婆婆,我二姐说:"我每次去,总见她太阳穴上贴着狗皮膏药,圆圆的那么两块,跟日本鬼子的膏药旗似的,我跟大姐说个话,她还听墙根儿呢!"

肖亚男就说:"我见过她,典型的一个唯心主义分子,噢,是上回东里店集的时候遇见的,她跟大姐一块儿去赶集,大姐买了把炊帚,她在那里胡啰啰儿,说是不能用了的炊帚就把它埋了,千万别弄上血了,弄上血那玩意儿就会在月亮底下一蹦一蹦地跳,你说她啰啰儿得多吓人!"

"嗯,跟刘乃厚他娘差不多,神神道道的,毛病特别多。她还反对自由恋爱呢!她大闺女就是跟个石匠私奔的,到现在还不让她回娘家。那个熊山庄的人,一个个的山杠子,没见过大世面,猛不丁去个生人,男男女女的就趴在墙头上看。有一回我一去,他们在大姐家的院墙上围了一圈儿,我喊了一声:'小心点儿,别把石头推下来砸着脚,要看进来看。'一个娘们儿还说'不要紧,砸不着,俺在这里看看就行,放心吧二妹子!'瞧,还怪能将就呢!"

"这种落后庄我见得多了,你要推广个先进技术,跟他好说好商量,他这不行那不行,比要了他的命还厉害。那是绝对推不开。像这种情况,你就得跟他来硬的,就这么干,不这么干毁你个婊子儿的!他乖乖地就去干了。"

"哎,我还没见过你发火是什么样儿哩!"

肖亚男嘻嘻着:"找机会发给你看看!"

吃饭的时候,肖亚男又叫着我的小名对我二姐说:"这个小霄,小大人似的,单独跟我吃个饭还不好意思。"

我二姐就说:"他要真是大人就好了,咱们就真是一家人了,一辈子不分开。"

肖亚男大大咧咧地说:"好啊,你愿意吗小霄?"

我一时还没弄明白是怎么个不分开,就说:"愿意什么?"

"给我当男人啊!"

一下弄了我个大红脸:"胡、胡啰啰儿呢!"

"看看,怎么样?人家还不啰啰咱呢!"

我二姐说："他知道什么！这时候你给他根猪蹄儿啃啃，说不定比给他个媳妇还让他高兴。"

"嗯，那我以后就多买猪蹄给你啃，行吧小霄？"

两人就这么疯疯癫癫，从早到晚地在那里"挥斥方遒，粪土当年万户侯"。

她这个疯疯癫癫的劲儿，在庄上就特别吃香。她知道沂蒙山人喜欢这个。她也特别朴素，特能吃苦，并以此衡量那些下乡的干部。她就整天挽着裤腿儿，让那双娇美丰腴的小腿上带些或湿或干的泥巴，粗门大嗓地说着故意向沂蒙山味靠拢的普通话，当然也说粗话，还骂人。她越是沂蒙山味儿地骂人说粗话，威信就越高。有一回刘乃厚他娘的一只鸡丢了，站在半拉墙头上骂大街，让肖亚男遇见了，肖亚男说："你在这儿足足骂了四十五分钟了，正好是一堂课的时间，骂得头头是道，还不重复，累吧？"刘乃厚她娘有点不好意思，但若戛然而止还收不住，遂硬撑着骂道："我累不累碍你个事？"肖亚男说："你叫什么名字？一会儿叫你男的到大队部来，看我怎么毁他个婊子儿的！"旁边儿有人就附和着说："你怎么可以骂工作同志？想吃国库粮（蹲监狱，吃饭不花钱）了？你在这儿骂大街，她听见了能不管吗？她不管那是她失职，她管了你还骂人家，再胡啰啰儿不打你个唯、唯心主义分子的来！"刘乃厚她娘方才害了怕，嘟囔着"人家的鸡丢了，还不兴骂两句啊！"走了。

当天晚上，刘乃厚他娘就提溜着二斤挂面来找我二姐给她说情，说是："不知怎么弄的，骂着骂着就骂溜了嘴，连工作同志也骂了，你说我这大把年纪是怎么活的！我真是越老越糊涂！你千万别让她跟我一般见识，啊？"我二姐说："这事儿你做得真不怎么地道，亚男是多么和蔼的个女同志啊！那回她拿香蕉来，你还尝过不是？要把她惹恼了，她一个电话打到县上，你吃不了得兜着，你还神神道道跳大神儿驱邪什么的，这些都是唯、唯心主义的表现，以后要注意，啊？"

肖亚男回来睡觉的时候，我二姐问她："你还真行来，你在外边儿骂了人，人家还给你送挂面，你隔三岔五地骂上它两回，咱这小日子就好过了。"

肖亚男就说："那娘们儿太能骂了，若要真骂起来，我还真不是个儿，你说她怎么那么多词儿呢？"

"她骂得那么花花，你能张开口啊？她再能骂也还是没文化，上回你给她根香蕉，她不就连皮也一块吃了？"

我在那边儿听着就嘿嘿地笑了。我们睡觉的格局是这样：三间堂屋，用秫秸抹上泥隔出了个里间，她二位在里间睡，我自己在外间睡。那个里间当然就是用报纸糊过的。公家单位的办公室似的，永远很干净，你一看就是姑娘家住的地方，而且还容易产生许多联想。那回她提溜了一嘟噜香蕉来，正好一些娘们儿在我家串门儿，肖亚男就挨个分。刘乃厚他娘说是："这是什么玩意儿？好吃吧？"她一边说着一边试探着用舌头舔，而后就连皮也一块儿吃了。她边咬还边嘟囔呢："哎，怎么不好咬啊，里边倒是怪软乎……"肖亚男笑得咯咯的，说是："看把你急得，你看我大兄弟怎么吃。"那次我也是头一回吃香蕉，但我不知怎么上来就知道应该扒了皮吃。肖亚男说："还是我兄弟聪明啊！"刘乃厚他娘就说："哎，你是怎么知道的？书上写着？"

我在外边儿咯咯地笑，我二姐听见，喊了一声："还不快睡？小孩子家还听女生说话呢，不学个好！"

肖亚男就说："咱两个这么哈哈，他睡得着吗？"一会儿，她两个又小声地嘻嘻哩哩，好像是嘲笑先前也来过我们村的一个县委的杨秘书，让你觉得这俩人凑成块儿永远有说不完的话。

肖亚男在庄上威信高，当然不仅仅是因为说粗话又是骂人什么的了，她干起活来确实也能以身作则。你比方地瓜育苗的时候，她要将地瓜种先放到六十度的温水里泡一下，庄上的人就不相信："那还不烫坏了个屌的？"她就会一遍遍地讲解示范。好在庄上的人寻思她要办的事儿，都是上级要她这么办的。而上级绝不会坑咱老百姓，也就随了。后来我们庄时兴起来的其他方面的先进技术像果树剪枝了，入冬的时候在树干上抹石灰了，还有玉米授粉什么的，也都是她倡导和推广的。她没完没了地做示范，当然就挽着裤腿儿，白嫩丰腴的小腿儿上沾着些泥巴，形成一种色彩上的反差，你觉得沾上些泥巴比不沾泥巴还要美丽动人。

没过多久，我二姐就知道她是如何发火的了。

那是去东里店赶山会。赶山会，主要是看李香兰。那次我也去了。我对那个《小放牛》很感兴趣，是说一个小放牛的跟一个小女孩在山上胡啰啰儿的故事。那剧情能让我们这样的农村孩子产生一些联想。让你想起某次在山上拾柴火的类似的情景，想起村里的某个小女孩。待演到《苏三起解》的时候，我以为那个小女孩还能出来呢，不想她一直没出来。我问肖亚男："刚才那个小、小放牛的干吗去了？怎么不出来了？"肖亚男嘻嘻地就笑了，说："这根本就不是一出戏，他出来干吗?"我嘟哝着:"我以为他、他还能出来呢。"肖亚男说:"你是说的那个小女孩吧?你喜欢上她了?"我二姐就说:"十八的不和十七的拉,他知道什么?"

原来唱《小放牛》的那个小女孩还不是李香兰,唱苏三的才是。那是个二十五六岁的小娘们儿,扮相跟唱腔都不如《小放牛》中的那个小女孩,但不知为何名气就那么大。在山会上看戏是站着看,一个个脖子伸得老长,还不时地发生点小骚乱,忽一下挤过来,忽一下挤过去。这么三挤两挤,我二姐不知怎么就跟人吵起来了。肖亚男即在旁边儿帮腔,她气势汹汹地说:"你是哪个单位的?叫什么名字?"沂蒙山人吵架上来就开骂,从来不问对方是哪个单位的,她这么一问,就证明她是公家人儿。那人还是个老憨,没见过大世面,这么漂亮的个女工作同志质问他,心理上先就有点发怯:"没单、单位,庄户人家还有什么单位啊!"肖亚男即让他站好:"你站好!现在我正式通知你,明天你带着饭到派出所来报到!听见没有?"那人面红耳赤地自嘲着:"好家伙,不小心挤了她一下,还让我到派出所报到呢!咱又不是故、故意的!"说着忙不迭地窜了。

我在旁边儿目睹了全过程。我发现她发起火来也很好看,脸红扑扑的,眼神很严厉,让你觉得她不是在吵架,而是居高临下地批评人。

我二姐当然特别喜欢她这一手,回来的路上就说她可交什么的。肖亚男说:"这回你见到我怎么发火了吧?一块儿出来的人,就得有个集体荣誉感,以后我遇到麻烦事儿,你也要在旁边儿帮腔。"

我二姐说:"怎么寻思的来,还让他到派出所报到。"

"一看就是个老憨,吓唬吓唬那个婊子儿养的。"

"他要真去了呢?"

"话没说完就窜了个屁的,他敢去吗?哎,你跟他吵是为啥?"

"那个东西不老实呢,故意往我身上蹭!"

"我估计就是,那还不该让他到派出所报到?哎,明天咱不来了吧?"

"怕派出所找你的麻烦?"

"那倒不是,你别忘了我是有工作的人哪,再说那个李香兰唱得也一般化,比我好不到哪里去。"她说着就唱起来了:"苏三起了一身疥,浑身痒痒无人……"就把我二姐笑岔了气儿,完了捶着胸脯说是:"不去了。咱自己唱。"

我这么不厌其烦地啰啰儿肖亚男这些微不足道的小事,你该看出我那点意思来了吧？你觉得我会跟她有戏。是的，确实就有那么一点点。按照原苏联一个什么生理学家的理论，你管它叫作初恋也未尝不可的。那个理论里说，几乎所有人的初恋都是爱大的、爱老的，有的人没意识到或忘记了，有的人意识到了也没忘记但不好意思说。我现在说的当然是现在的感受，丝毫也不说明我当时就意识到了。

　　我前面说过，我二姐这人对新生事物特别敏感，她要听说个什么新鲜事儿，绝对要好奇、要激动，有好多事儿她还没弄明白就开始效仿、响应。说起来，这也不光是她一个人的毛病，而是很多人的特点。所以这地方很容易发生革命，它当革命根据地就有着它的合理性和必然性。革命根据地不是随便什么地方都能当的。你得有相应的思想和文化基础。若干年后一位中央领导同志到沂蒙山视察工作的时候曾说，你们是执行正确路线积极，执行错误路线也积极，很说明问题的。那阵儿，庄上成立了个副业队，将管果园的、种试验田的、磨面粉的都划了进来。肖亚男建议在副业队里设个缝纫组，买上台缝纫机，学学裁剪，将青年男女们的服装搞得像公家人儿似的。此前，我们当庄的人连个穿中山装、列宁服的也没有，统统是自己做的带大襟儿或不带大襟儿的褂子，大肥腰裤子。她就撺弄着我二姐去学。我二姐当然也想去，只是担心她走了之后没人给我做饭。肖亚男就说："有我呀，又不是学个一年半载，顶多个把月就回来了，而且就在悦庄镇，离这儿三十来里地，你若不放心，不会隔个十天半月的回来看看哪？"她还翻来覆去地让我二姐放心，这段时间她保证不这里那里地窜，晚上也不出去开会把我一个人扔在家里，一定照顾好我。这么的，我二姐就去了。

　　开始几天还行，她确实能很认真地给我做饭，晚上也不到外边儿开会，还教我读书、唱歌什么的。她唱起歌来还真是好听，音质很清纯，音调很委婉，一种典型的民族唱法。她说："你喜欢听少男少女在一起胡啰啰儿的戏是不是？"我不好意思地说："嗯，主要是能听懂。"她就说："这方面的小戏不少，有京戏《小放牛》、花鼓戏《刘海砍樵》、五音戏《王小赶脚》、黄梅戏《打猪草》，都是少男少女谈情说爱胡啰啰儿的。"她说着就唱起来了："郎对花姐对花一对对到田埂下，丢下一粒籽，发了一棵芽，吗杆子吗叶开的什么花，结的什么籽，磨的什么粉，做的什么粑，此花叫作呀吱呀得儿喂、得儿喂、得儿喂，得儿喂得喂上喂，叫作什么啊花……"先前我听过这玩意儿，但都不如她唱得委婉、柔和。这里的人唱"呀吱呀得儿喂"的时候，容易唱成"丫子丫得外",听着怪下流的。而她唱的听上去丝毫没有那种感觉。她教了我几遍之后,即跟我一递一句地对唱,她还给我解释呢:"你知道这个郎是怎么回事儿?"

我故作不懂:"这个还不知道啊,狼嘛,当然是吃羊的动物了。"

"不懂装懂呢,郎就是情人,男的。"

"情人怎么管女的叫姐呢?"

"女的大呗。"

"好家伙,是个大老婆。"

"你们这儿不就兴这个?女的一般都比男的大?"

"反正是叫郎赶不上叫情哥哥什么的好听。"

"你这不是怪懂吗?你个人小鬼大的小调皮儿呀!"她说着就胡乱在我的脑袋上摸弄两下。而后就又唱。这么"郎对花姐对花"地三唱两唱,你就不能不产生点小想法。同时也有种温馨的感觉生出来,仿佛跟她有什么特殊的关系似的。

……噢,我还忘了说,那几天里,她还和我一起去离村六里地的一个粮站用粮票买了半袋子大米呢!我第一次吃大米也是她买的。

稍后几天就不行了,她照顾我就照顾得马马虎虎了,特别是被她和我二姐嘲笑过的那个杨秘书来了之后。他大概是我二姐走后的第五天还是第六天来的。那家伙我先前也见过,留着小分头儿,穿着上边儿一个兜儿下边儿两个兜儿的那种上衣,大学一年级学生似的,很白净、很秀气的个同志。他从自行车后座儿上提溜下一个草兜儿,递给肖亚男说是:"给,你要的猪蹄儿捎来了,想不到你还喜欢吃这种东西。"

肖亚男说:"哪里是我喜欢吃,是小霄喜欢吃,谢谢你呀!"

"嗯,两毛五一斤,共是七斤。"

"你去拾掇拾掇,晚上一块儿在这儿吃。"

杨秘书说了句类似"爱屋及乌"的歇后语,具体怎么说来着我忘了,意思是要想跟你好,还得先巴结个无关的人。他以为我听不懂,可我能琢磨个差不多,心下遂有几分不悦。但他还是拾掇去了。完了,他见我写作业,就给我削铅笔。铅笔这个东西,很不好削,关键是你没有很锋利的刀子,另外我先前削的时候,也不得要领,将包着铅的木头只削一点儿,露出来的铅头儿也不圆润。而他则削去很多,笔尖细长而圆润。我就很佩服,觉得这是大学生的削法。

吃饭的时候,他又重复说:"猪蹄儿这玩意儿净是骨头还这么贵,两毛五一斤。"

肖亚男说："噢，我还忘了给你钱，吃了饭再给你好吧?"看得出她也有几分不悦。

"我、我不是这个意思。"

吃完饭，她将钱给他，之后又对我说："我晚上跟杨秘书到队上开个会，你自己先睡不害怕吧?"

我强打精神："不、不害怕。"

"给我留着门儿。"说完，他二位就出去了。

现在看来我那时还真是有点人小鬼大呀。他二位走了不大一会儿，我竟鬼使神差地跟出去了。她说到队上开会，可我到队部一看，根本没有。我一下子就猜出他二位去哪儿了：村外的试验队！而且根本不可能是开会。待我于傍黑的朦胧中，来至在试验田中间的窝棚附近，果然就看见他二位站在窝棚旁边的大树下叽叽咕咕。只见杨秘书掏出一块手帕递给她："看着个小手绢挺好，就买了一块，给你做个纪念、念吧，一毛七一块儿。"

肖亚男说不要不要，他说拿着吧拿着吧就往她手里塞。三塞两塞，他即将她抱住了。要命的是他抱她，她还让他抱，那块一毛七分钱的小手绢也接着了。咱心里就咯噔一下，完了，这个工农化的女工作同志完了，让个老抠搂搂抱抱了，他二位是搞自由定了。怪不得杨大舌头来的时候带着猪蹄儿呢！这说明她是趁我二姐不在家，事先联系好了来约会的。还让我叫她亚男姐呢，狗屁吧，从此后坚决不叫了……

他二位那么拥抱着，杨大舌头鼻息呼呼，我隔着他们一二十米都能听见。这狗东西肯定如高小生们常说的搂搂抱抱抠抠索索或用他那条大舌头这儿那儿地舔来着，肖亚男不啰啰儿了，说声"干吗呀你?"就挣开了。

杨大舌头有点不自然，但仍然凑凑拢拢："其、其实没什、什么，主要是太想、想你了。"

肖亚男很冷淡地说："你不要漫着锅台上炕，我从来没答应过你什么。"

"那你让我来干吗?"

"我让你专门来了吗? 不是说你如果出发可顺便来一趟吗?"

"就算是顺便吧，那我来干什么? 就为了送猪蹄儿?"

"那倒不是，可以谈谈呀!"

"那就谈呗!"

肖亚男笑笑："我给你提几条意见好吧? 你也可以给我提。"

"好。"

"三条：一是你太小气、不大方，格外强调猪蹄儿两毛五、小手绢一毛七；二是你见了女同志黏黏糊糊，腿肚子往前转，有一些你脚踩好几只船的传说，比方你跟文化馆的那个唱山东梆子的小妮子就有一腿，你对钓鱼台的这个团支部书记王秀云也很感兴趣；三是你工作作风不够扎实。你知道原来的老社长玉贞大姐怎么评价你？言过其实，华而不实，不可重用。这个评价我同意的。"

杨秘书有点急眼："照你这么说，我这不成了十足的坏蛋吗？哪个王八蛋说我跟唱山东梆子的小妮子有一腿？王秀云到县上学习，我就帮她学了半天骑自行车，怎么也成了对她感兴趣？想不到你是这么评价我，想不到……"

"反正我就是这么想的，我怎么想的就怎么说，我不是随便给人提意见的，你不愿意听就算了，天不早了，回去吧。"

我一听，赶忙窜了。可仍然能听见杨秘书在那里啰啰儿："你看你看，我听还不行吗？"

我回到家好长时间，肖亚男还没回来，这说明他二位还在那里啰啰儿。我躺在床上，心里忐忑着，思想挺复杂：一会儿觉得亚男姐还有救儿，但让他抱了一会儿不对头；一会儿觉得杨大舌头不是什么好东西，可让肖亚男数落那么一顿也确实有点小可怜……

第二天早晨吃饭的时候，我问她："哎，那个杨秘书怎么没来吃饭？"

"他一早就走了，去了东里店。"

"你昨晚什么时候回来的？"

"十点来钟吧。"

"这会开得时间还不短哩！"

她脸红一下："吃你的饭吧，咸吃萝卜淡操心。"

我背起书包去上学的时候，她说："中午我把饭给你留在锅里，你回来自己吃好吧？我去公社开个会，下午回来。"

我答应着，可出门儿的时候不知怎么就加了一句："那个杨秘书削的铅笔也一般化呀，写出字来跟女生写的似的。"

肖亚男当晚没回来。我家的院子不小，四周又都是大树，天一擦黑我自己就不敢待在家里。你觉得墙上雨渍的形状面目狰狞。黑影儿里某件农具则像个怪物，一只蝙蝠斜楞地飞过，鸡们上了窝却不知为何又一下大惊小怪地窜了出来……我饿着肚子到村头儿上等她去了。我寻思公家人儿说话还能不算话？她说回来就肯定能回来的。可一等不来、二等不来，我即寻思起她的缺点来了：到底不是自己的亲姐姐，耍嘴皮子好样儿的，根本没有责任感，把我一个人扔在家里就不管了；看着怪工农化，其实也是个小资产呀！她给杨大舌头意见是提得怪尖锐，可仍然藕断丝连呀，她不是说她不随便给人提意见吗？这说明给他提意见是一种待遇、一种表示，真要不啰啰儿，就没必要给人家提意见，提高自己的身价而已！当然喽，她唱歌还是很好听的，可她睡觉淌哈喇子呢！……我正蹲在那儿胡思乱想，庄上一个有九个闺女没有儿的半老娘们儿打旁边路过。她问我："蹲在这儿干啥呢小霄？"

我说："等亚男姐……同志。"

"噢，我还忘了告诉你，她让你大叔捎信回来，说是今晚上不回来了，等会儿我让小停去跟你做伴儿。"她说的这个"你大叔"是她男的，在公社信贷社当信贷员，天天晚上骑着自行车往家窜的个主儿；那个小停当然就是她闺女，是老五还是老六来着，没记清。比我小个一两岁的妮子。

我非常懊丧地硬着头皮回到家，泡了碗干煎饼呼呼啦啦喝上，我决定从此不再理那个肖亚男了。还工农化呢，狗屁去吧！刚吃完饭，那个小停妮儿来了，还怪有礼貌，一进门儿就说："才吃饭呀小霄哥？"我应了一声，她即帮我洗碗，动作也挺熟练。先前没正眼瞧过她，只觉得是个头发焦黄、瘦骨嶙峋、脖子乌黑、整天背着个柴火篓子悄无声息地来来去去、两条裤儿腿永远是一根长一根短的小可怜儿，如今看上去却觉得并不丑恶，个头也不矮，脸刚刚洗过，有一种清新、俊秀之感。

她说："我还是头一回来你家哩，你家比我家利索。"

我不知怎么就说了句："人多好干活，人少好吃么儿（方言：相当于东西），还是人多了好。"

她说："好什么，睡觉都没地方睡，我打记事儿起就没在家里睡过，到处借宿打游击，看，你家多宽敞，床那么大！你一个人在这床上睡呀？"

"嗯。"

"那个工作同志呢？"

"跟我二姐在里间睡。"

她将头探进去瞅了瞅："好家伙，公家的办公室似的，公家人儿睡觉都在一头儿是吧？"

"谁知道！"

"还穿着衣服睡。穿着衣服睡，跟她通腿儿的不暖和。"

"你懂得还怪多哩！"

"那当然，二姐学习回来也成公家人儿了吧？"

"砸（方言：用缝纫机做）个熊衣服能成什么公家人儿？"

"那叫工人阶级，工人阶级也是公家人儿。"这小妮子还挺爱说话，啰啰儿起来没完没了。

我问她："你怎么不上学呢？"

她说："上过两年，我爹一个月三十六块钱的工资，十一口人，那怎么供得起？"

"你是老几？"

"兵僚呢！我是老几都不知道，老六。"

"怪不得叫小停呢！是该停停了。"

"意思是那个意思，可写不那么写，是女字旁的那个'婷'，当腿挺长、怪漂亮讲，老师说过一回，叫婷婷（亭亭）什么立来着？"

"婷婷（亭亭）玉立。"

"嗯。那个肖亚男就怪婷婷（亭亭）玉立，腿那么长！"

"她是大人，腿还能不长？其实她也就一般化。"

这么说说话话的，她就开始扫床展被：知道你家怪干净，我来的时候先到河里洗了洗，你看——她说着就仰起脑袋让我看她的脖子。我一看，那个精细的脖子还真是怪干净，心里竟涌起了一种同病相怜般的小感情；这是个懂事儿的、在家里不怎么受待见的小妮子，这种人你给她一点好儿，她能记一辈子；况且人家来跟你做伴儿，还拾掇这拾掇那，又不欠你的，心眼儿也不错……那就须格外地好好尊重她。我拿出了几块先前肖亚男送我的糖块儿给她，她不好意思地接着了："好家伙，还是玻璃纸的呢！"我注意到她扒完了糖，就把糖纸装到口袋里了。

"睡吧？"

"睡！"

她迅速地脱了个一丝不挂，就钻到那头儿的被子里了。但仍可注意到她那个小身子有的地方洗了，有的地方没洗，如同一首民歌里唱的："白的白来黑的黑。"

那时候我开始偷看肖亚男带来的鲁迅先生的书。——这也说明咱当作家不是偶然现象，而是蓄谋已久。不管你天资如何，只要你从小学鲁迅，长大了肯定能当作家。一个曹雪芹养活了多少红学家，而鲁迅则养作家……噢，扯远了，再拉回来。之所以看见那个不怎么干净的小身子，一下扯到鲁迅上去，是因为那段时间我刚看过鲁迅先生的《肥皂》，具体精神没看懂，但"咯支（吱）咯支（吱）遍身洗一洗"的话却记住了，这时候就想起了那句话，却不明白"咯支（吱）咯支（吱）遍身洗一洗"怎么就会"好得很"。

黑暗中，你能感觉到的是她的身子蜷曲成个问号，一动不动，在尽量少占点面积；偶而响一下压抑的"咔嚓"声，那是她在小心地嚼糖块儿。我说睡觉的时候吃糖不好，她即趁机动一下身子，不好意思地说是不吃了。而后她开始啰啰儿谁谁谁家的孩子十来岁了还尿床；谁家的儿媳妇跟她婆婆分了家还上她婆婆的鸡窝里掏鸡蛋；谁跟谁开始闹自由了，有一回在棉花地里打权子，两人抱成堆儿呢！我去那里拔猪菜来着，让我遇见了，那男的还没把我放在眼里，女的说："你别，来人了。"男的就说："她知道什么！"两人该怎么啃还怎么啃，纯是耍流氓。后街上那个小放猪的也不是什么好东西。有一回我在山上遇见他，他还掏出他那个小鸡儿朝我撒尿呢，不要脸！……想不到这么个不起眼儿的小妮子小脑瓜里竟装着那么多庄上和山上的事情，全是我不知道的事情。你觉得这个小人儿不简单，她不声不响地来来去去，却用她那对小眼睛注视着庄上的一切。这么三说两说，她精神放松了，开始伸腿弄景，这就不可避免地要触着她。你觉得触着的部分有粗糙之感……你忽略了她的性别，不知什么时候就睡着了。

第二天一早，肖亚男回来了。我不理她。她一个劲儿地道歉，还胡乱分析："怎么了？想二姐了？这个妮子也是，去了六七天了也不回来看看。"

她这么一说，我哇地就哭了，还真是怪想我二姐了。我二姐是个永远把别人看得比自己重要的人，她绝对干不出把我一个人扔在家里的事情。她见我哭得伤心，就说："好了，别哭了，我不对还不行吗？我确实是有急事儿呀，二姐不回来，赶礼拜天咱去看她。"

这么的，礼拜天我俩就去了。从钓鱼台到悦庄三十五里，这是走大道；若是走山路据说还不到二十里。肖亚男想来一个类似现在的野营或旅游之举，即跟我商量："咱们走山路吧？听说景致不错，还有瀑布什么的，顺便玩玩儿。"我即答应了。走山路当然就不能骑自行车，我们步行。时值初夏，她一身短装打扮儿，戴着地质队的人常戴的那种白太阳帽儿，穿着小白鞋，脖子上扎着毛巾，有点像电影《年轻的一代》中林岚的形象，看上去很青春。可那条山路她也没走过，她照着大体方向纯在那里瞎蒙。这就不可避免地要翻山越岭，走许多冤枉路。我告诉她，沂蒙山，山连山，你不可以随便在里头瞎转转，三转两转就出不去了。她还挺固执，说是沂蒙山山连山不假，但单个的山并不大，只能算是丘陵，二十来里地，还能走不出去了？结果就转到一条大山峪里去了。那条山峪很长，曲里拐弯，一眼望不到底。两边全是黑压压的马尾松，山顶上的巨石一个个黑黝黝的仿佛在龇牙咧嘴，你寻思什么就像什么。而沟底的小路也不能算是路，只是一条干涸了的河床，不时地会看到一杯干了的狼屎。看得出她也有点小紧张，可还要强打精神以证明自己判断正确："嗯。路是难走点儿，但方向是不错的，不错吧？"

"不、不错。"

"世上本来没有路，走的人多了就成了路。知道是谁说的吗？"

"是鲁迅吧？"

"嗯，哎，你怎么知道？鲁迅你也能看懂？"

"懂个一句半句的而已。"

"还'而已'呢！我兄弟真聪明，你将来能当作家。"

"咱哪能当得了那玩意儿！"

"当作家要注意观察人，还要注意观察风景，要这里那里地跑，作家都是到处跑的。要让你描写一番这条山峪，你会怎么写？"

我一下不耐烦起来："你拉倒吧，咱们走的这条路根本就不对，还观察风景呢！"

"看看，我好心好意地陪你去看二姐，你还不耐烦，原来你也是个小没良心的呀！"

她这一说，我寻思也是这么个理儿，遂不再吭声了。

她则继续胡啰啰儿，又是今天的经历肯定会给你留下美好的回忆，少年时的记忆是永远的记忆，你将来在某篇文章里用到它也说不定的；你不能一叶障目不见森林、只知一山不知群山；山里的人只有走出大山也才有出息什么的。"哎，你见了二姐不要说我那天晚上把你一个人扔在家里的事好吧？"

"好。"

"也不要说那个杨秘书来过的事。"

"他不是来工作吗？还开会什么的，这个还避人呀？"

你不懂，我不让你说你就别说，啊？咱们是自家人啊。自家人还能互相扯舌头啊？

"不说。"

这么说说话话的，就爬到一座山梁上了。一到山梁上就看见沂河了，看见沂河一切就一目了然了。你知道你所处的位置，同时也能确认你该走那条小路了。她开始承认我们走过了："如果走另外一条有瀑布的山峪就对头了。"

"当然是错了，二十来里地，窜了半天还没走到，那还不是错了？"

"不过也不冤枉，不就是玩儿吗？这一路风景不错不是？看那棵银杏树有多大！累了吧？咱们去那里凉快一下。"

不远处独独的一棵银杏树还真是不小，树干三四个人拉着手围不过来，树荫能遮盖半亩多地。天很热，又窜了半天，当然就汗流浃背，我们即去那里凉快去了。

树底下有几块早已安置好的显然有人坐过的石头，她铺开一块手帕，自己坐在上面，又将太阳帽扔给我，示意我可以铺到石头上坐着。但我没铺，直接坐到石头上了。她即将短袖衫最上边的个扣子解开，将毛巾伸到里边儿擦来擦去。她那条裤子也比一般的长裤短，只过膝盖那儿，裤脚处还有小摁扣。她那秀丽的胸脯和雪白的腿肚子的曲线，就让你不敢正视。完了她将毛巾扔给我让我也擦擦。我擦的时候就闻到了一股不好形容的气息，我猜那是年轻女人的青春的气息。它刺激得你透不过气来，甚至还生出一种类似依恋甚至是缱绻的小情愫。

"啊，真舒服啊，小风刮着，阴凉乘着。真想躺在这儿睡上一觉。"她说着就半躺到草地上了，用胳膊支着脑袋："哎，那晚上谁跟你做伴儿来着？"

"小婷。"

"是个女生呀！"

我脸上红了一下："脏兮兮的个妮子，跟男生有什么差别？"

"还害臊呢！这有什么，青梅竹马嘛。"

"谁跟她青梅竹马呀！我跟她根本不熟。"

"我说你没良心吧，人家跟你做了一晚上的伴儿，你要么说人家脏兮兮的，要么说不熟，以后我走了，你也会这么说我吧。"

"哪能呢！你是我姐呀。"

"这还差不多。"

"哎，你跟那个杨秘书好、好了吧？"

"胡啰啰儿呢，没影的事儿。"

我看一眼她屁股下边儿的那块小手帕："别以为我不知道，这块小手帕也是他给你的，一毛七一块儿。"

她一下坐起来："你怎么知道？"

"我分、分析出来的。"

"你是怎么分析出来的？"

"他来干吗要买猪蹄儿？你去东里店也是为了他，还不让我告诉二姐什么的，这种手帕咱们钓鱼台供销社就有卖的，都是一毛七一块，我还能不知道？"

她脸红红的："了不得呀，你这个孩子早熟啊！"

"你问我，我还能不说呀！"

"其实，还没最后定呢，这个人毛病太多，大姐、二姐对他也没好印象。"

"这是你自己的事，你干吗要听她们的？"

"我说你早熟吧？什么你都懂，不跟你啰啰儿了。"她说着就站起来，围着那棵银杏树转了一圈儿，淘气似的爬上去了。她动作很麻利，神情很调皮，活脱一个高中生的神态。那树虽大，但主干很低，上边儿的窟窿也挺多，很好爬。她一上去，就隐没在那茂密的树叶里了，不认真看根本看不出来。她喊了一声："你上来。"

我从下边往上攀，快触到她的脚那地方的时候，一抬头，就从她短上衣的下边瞥见了那对陡然隆起的乳峰，咱的心里也陡然热了一下。而她正好也探下身子将我拽到她的身旁了。我们紧挨着坐在一根树枝上。树枝颤颤悠悠，她还嘻嘻哩哩："亚男姐好吧？"

"好。"

"好看吧？"

"好看。"

"哪里好看？"

我胡乱指了指她的脸、胸脯，还有腿："这儿、这儿，还有这儿。"

她一下用胳膊围住我的脖子："你这个小坏蛋呀——"

咱让她揽着，一动不动，生怕一不小心就晃下去了，心里扑通扑通直跳，同时也有种说不出的滋味生出来……

"哎，你看！"山坡下的小路上，有两个人正从远处朝我们这儿走来，而且很容易就能判断出是一男一女："还拉着手呢！"

她一只手扶着我从树杈的缝隙里站起来张望着："哪儿啊……噢，看见了，拉着手不假，那女的还敞着怀儿呢！里边是白马夹。"

"那男的是当兵的。"

"是回来结婚的呀！他两个肯定登记去来着。"

"哎，站住了……"远处的二位在抱成堆儿啃，身旁的这个即满面绯红，呼吸不畅，她又坐下了。

一会儿，她问我："他两个上来了吗？"

"那男的将女的背起来了，一步一步往这挪，肯定累得他不轻。"

"撒娇呢！"

"女的又下来了。"

她忽一下站起来："咱们下去，万一他两个也到这树底下胡啰啰儿，咱们就挺尴尬。"

我们就下来了。刚落脚，他二位上来了，看见我们，那女的赶忙就系外衣的扣子，男的则掏出个类似打农药戴的那种风镜（由四块玻璃组成的那种）戴上。

我们朝他俩走去，快走近的时候，肖亚男问那男的："同志，打听个事儿，去悦庄怎么走？"

那男的操着蹩脚的普通话："怎么都可以走，从这儿走出这条山峪往右一拐就到，也可以从那边儿走那条山峪往左拐。"

"哪条路近点？"

那男的问那女的："都差不多吧？"

"嗯，差不多。"

"谢谢你们呀。"

那女的说："甭价。"

没走出两步，就听后边儿女的说："是地质队的。"

我们两个相视一笑："操，出去当了两天兵，回来还撇腔呢！'这儿''那儿'。"

肖亚男说："你回头看看，他两个绝对到树底下歇歇儿去了。"

我一回头，还真是："你还怪有经验哩！"

"咱两个要是还躲在树上，这会儿热闹了。"

"小山庄的人，出去当个兵，回来就找个好对象，要是不当兵就找不着。"

"他那个对象你看着好吗？"

"还可以吧？奶子不小。"

她嘿嘿地就笑了："你个小流氓啊！"

"还抱成堆儿啃呢！过会儿说不定又啃上了。"

"谈恋爱的都这样儿。"

"你也让杨秘书啃了吧?"

她生气地:"跟姐姐怎么可以这么说话?你跟二姐也这么说吗?再胡啰啰儿,不理你了。"

"我不对。"

见她半天不吭声,我又说了一句:"我不对还不行吗?你别生气,啊?"

她一下揽过我:"你这个小坏蛋啊……纯是个小坏蛋。"

不知不觉地我们也拉起手来了。一会儿,她脸红红地:"想啃亚男姐吗?"

"不、不想,姐姐怎么能啃?"

"要是姐让你啃呢?"

"干吗要让人啃呢?啃了,你舒服啊?"

"让喜欢的人啃才舒服,我喜欢你呀!"她说着即伸出双臂,搂着咱的脖子,将唇紧紧地贴到咱的嘴上了,完了又啊、啊着将咱的脸压到了她的胸间。你立时迷蒙、慌乱,魂飞胆丧,如醉如痴,立足不稳似的,同时也觉得意义不小……若干年后,当我正式谈恋爱的时候,后来成为我妻子的那个人说是,你是个老手啊?那时我即将责任推到了她身上。

好大一会儿,她松开咱:"怎么样?好吗?"

咱嗫嚅着:"好、好,这事也不能告诉给二姐吧?"

她脸色仍然红红地:"你说呢?"

"我谁也不告诉。"

她唉了一声,摸摸咱的头:"快快长!"

下午三四点钟我们才赶到悦庄。不巧,我二姐回家了,走两岔里了。肖亚男说声"这个死妮子!"就想往回返。但缝纫社的人挺热情,好几个姑娘都说,这么晚了,再回去是不可能了,先住下再说。有个姑娘就领我们去了我二姐住的房东家里,还留下几张饭票,说是吃饭的时候就到食堂去吃。这么的,住下了。

那家就一个怪慈祥的老太太,屋是两间,也是用秫秸抹上泥隔成了里外屋。那老太太指指里间的个小床说,玉洁就住在这里。那床很小,像是看瓜人睡的那种凉床,两个人是绝对睡不开的。吃饭的时候,我就犯愁晚上怎么睡,可肖亚男一言不发,胸有成竹似的。咱寻思她是公家人儿,整天这里那里地窜,还能没个熟人什么的?不想她就没有。吃了饭，她转转悠悠地又回来了。临睡觉的时候她才说："就是这个镇我没来过，我要来过，还能多走那么多冤枉路？我要硬到公社去，也能找个地方睡，可他们要向上一反映，说钓鱼台工作队的个女的领着个高小生到处窜，我吃不了得兜着。就这么睡吧，啊？"那个老太太也说："你姊弟俩通腿儿就是，又不是外人，我闺女和闺女婿来了，也这么睡。"咱就不好意思再说什么了。

肖亚男睡觉前照例地洗脸、洗脚，完了她也让我照此办理，将那个老太太的热水用了不少。她睡觉确实就如那个小停妮儿说的是穿着衣服，不过不是外衣，而是背心裤头儿。那样的一个小床你即使通腿睡也必须是紧贴着，翻身儿的时候不小心也能骨碌到地上。但她似乎一点也不在乎，我想到这也是她"工农化"的表现吧。她嘻嘻地说声："简直累毁了堆呀！睡，睡他个一塌糊涂。"就躺下了。

外间的老太太还喜欢接话茬儿，问道："什么糊儿？"

她两个一递一句地又啰啰儿了一阵都不吭声了，睡着了。

咱却睡不着，咱当然也穿着裤头儿，但其余的部分是全都赤裸着了。咱小心翼翼地仰躺着，身体的三分之一担在了床沿上，另一侧就不可避免地要贴着她。而那美丽的双腿是多么的温热、丰腴和圆润呀！那怎么可能轻易就睡着？这真是有意义的一天啊，今后无论如何是忘不掉的；还有那对儿拉着手的男女，那女的比起身旁的这位实在是差远了，还敞着怀儿让那男的背着，自以为得计！那个小停妮儿就更不值一提了，还白的白来黑的黑……那头儿哼了一声，将整个一条腿担到了咱的身上了，柔软而沉重。要命的是它正巧压在了咱的最敏感的一个部位。你就很难让它没反应……可不对呀，你人小鬼大呀！这简直是……那个字怎么说来着？把衣字分开中间安个执？意思明白，可会写不会读：褻渎，怪流氓的意思。这是褻渎呢！咱轻轻地将身子从她的腿下挪出来了。咱为了少占点面积将身侧起来了。可这样一来更要命，那圆润而又饱满的腿肚子正贴到咱的怀里了，而咱的一只胳膊还没抽出来。你还不能再动弹，越动弹越说明你思想复杂睡不着。那头儿鼾声均匀，仍然睡着定了。咱试试探探地将另一只胳膊也搭上了。实际是抱着的姿势了。随后将腿也缠了上去……

……啊，这是个美丽的知识女人，她拉着你的手，要你啃她，不要你告诉给别人，还要你快快长，难道还不说明问题吗？"咯支（吱）咯支（吱）洗一洗"是露出鄙夷的神情了：瞎吹呗，她啰啰儿你呀，人家婷婷（亭亭）玉立呢，腿那么长，除非你长得像那个当兵的那么大！告诉你个办法吧，你要按我说的，立时三刻就会长大。什么办法？她表情像刘乃厚他娘似的，神秘兮兮地说是，年三十的晚上，你找一棵庄里最大的椿树抱起来，口里念念有词：椿树王，椿树王，你长粗来我长长。这么念上三遍就管用了。你千万可别念成了我长粗来你长长，记住了？说一遍我听听。咱好像怎么也不能念得正确，心里那个急，好不容易念对了，赶忙找到棵椿树就抱起来了，随后将腿也缠上去了……咱一下醒了，她的腿也一下缩起来了。你羞愧难言，无地自容……

第二天早晨起来，咱小心翼翼地察言观色，没发现异常情况。可吃饭的时候，她不卑不亢地说是："昨晚你做梦了吧？"

"哦，好像是做了，可记不清了。"

"做梦娶媳妇了吧？"

"胡啰啰儿呢！"

"做上那么几回，你就成大人了！"

咱简直让她丢毁了堆呀！好像做了天大的亏心事，如果地上有条缝，恨不得马上钻进去。

"你自己回钓鱼台行吧？我从这里回县上一趟，沿着大路走，不害怕吧？"

"不害怕。"说完咱扔下饭碗就窜了。

我与肖亚男的戏就这么个戏，情况就这么个情况。咱当然也让她腐蚀得不轻，高中时代就企图早恋，正经谈恋爱的时候又优柔寡断，不期而然地就将那人与之比较一番，让你根本幸福不起来。

说这话是六十年代上半叶的事情，放电影《年轻一代》的那一年呢，国民经济开始好转了呢，那就一九六三或六四年定了。

第三章　自家人外传

　　看马克龙当选法国新一届总统的当晚，老同志刘思远做了一个梦，梦见了堂姐刘美芹。早晨醒来，刘老同志忆起梦中的情景还很清晰，也很缱绻，遂暗自揣摸，那个马克龙与咱有何关系，怎么会做这样的梦？想必是人至老年的缘故吧，如今记起的或梦见的都是小时候的故事了，那晚的梦便是其中之一。

　　刘思远管刘美芹叫是叫堂姐，其实只是同姓而已。所谓七张八王遍地刘，他跟她那一支的辈分完全续不上，叫她堂姐只是庄亲的叫法，与三服或五服之类的亲缘关系无关，而且她还是"带犊子"——沂蒙山管母亲改嫁带过来的孩子统称"带犊子"，不怎么好听。

　　刘思远父母早逝，跟姐姐刘思清长大。他跟刘美芹热络的时候，思清已经结婚了，嫁给了本村一个当兵的。思清嫁在本村的原因之一，也是因为要照顾尚未成年的刘思远。因对象在外当兵，思清就仍在娘家住着，一切都像不曾结婚一样，也仍然当着村里团支部书记，每年冬天还组织演出队，排演节目什么的。

　　用现在的话说，刘美芹算是刘思清的一个闺密，她比思清小四岁，比思远大五岁，说明思远十四的时候她十九，他十五的时候她二十。他与她的故事就是那个时段发生的。

　　刘美芹人长得很漂亮，身材也好，皮肤也白，脸模样也耐看。总体上说，钓鱼台的姑娘都不难看，故而有"要看风景燕子崖，要看姑娘钓鱼台"的说法。刘美芹比她们更出类拔萃一些，具体怎么个出类拔萃法？在中学生刘思远看来，她比她们更端庄！你可以秀丽，但不容易端庄，而刘美芹就是既秀丽，又端庄。待两人熟了的时候，刘美芹曾问过思远，我怎么个端庄呀？思远就作了一番令她心热并心动的解释。

　　刘美芹刚来钓鱼台的时候，人很瘦小，因为人生地不熟，跟庄上同龄的孩子玩不到一起去，整天小心翼翼、担惊受怕的样子。团支书刘思清见了，想起自己在父亲去世的时候，差不多也是这个年龄，心里一阵伤感，遂对她同病相怜，关爱有加，干任何事情都叫着她，芹呀，你跟我去副业队干活吧！芹啊，你晚上过来和我做伴儿吧。思清管美芹的继父叫四叔，美芹自然就管思清叫姐姐，人们见她整天跟在团支书刘思清的后边，姐姐、姐姐地叫着，怪亲的样子，也就逐渐地接纳了她。再说"带犊子"只是一种身份，不是称呼，同情弱小的情怀，钓鱼台人还是有的。刘美芹便逐渐融进了钓鱼台的群体，性格也慢慢开朗起来，人也整个变了模样。这里的人十分相信，钓鱼台的水土好，一样的人，喝了这里的水会格外白净，格外秀丽。

中学生刘思远开始注意她，就是她变得格外白净、格外秀丽之后的事了。

刘美芹上过几年学，按思远的估计应该有高小的水平。钓鱼台的村支书看她为人勤快，有礼有貌，又有点文化，当然也是由于团支书刘思清的推荐，村里成立卫生室的时候，即安排美芹去那里了。

钓鱼台是县上的先进单位，一时兴个什么新生事物，就先在钓鱼台试行。比方金皇后玉米啦，胜利百号大地瓜啦，就是先在钓鱼台试种而后普及开来的，卫生室也是。

钓鱼台的卫生室，只有两个人。一是上边派过来的一个据说历史有问题的老中医，再一个就是刘美芹。那个老中医还是公社医院的坐诊大夫，每周只来两天，有点巡诊的意思。刘美芹在那里，其实就是为老中医服务，干些提水端盘子之类的杂活。她可能也去公社医院培训过几天，那个老中医开了方子，她能知道都是什么药，怎么吃；也会打针、量体温什么的。一些小小不言的病诸如头疼脑热啦、伤风感冒啦，吃了什么东西不合适拉肚子啦等需要吃的西药片，她也能拿。但人们一般都信不过她，故而那个老中医不来的时候，卫生室就没什么事，她就仍到副业队干活。她在卫生室干活的待遇可能是这样：拿半劳力的工分，每月享受三块钱的补贴。

哦，刘思远后来知道，刘美芹还参加过计生和接生方面的培训哩，她同时兼着村里的计划生育宣传员。二十世纪六十年代中期，上边已经开始宣传计划生育了，但只是宣传，并没实行；也开始免费发放一些计生用品了，但没人用，她那里就积攒了好多过期的计生用品。

美芹形象姣好，嗓子也不错。团支书刘思清每年冬天都组织演出队，美芹很快就成了演出队的骨干，安排她的角色也格外多，既在《小借年》里演爱姐，又在《王定保借当》里演主角张春兰。

中学生刘思远估计她有高小文化水平，就是他在演出队拉二胡，与她接触交往时的印象。

钓鱼台会拉二胡的有三个人：一是十四岁的刘思远，二是大队会计李老成，再一个就是下放右派杨老右。李和杨是原先跟当地一个半吊子民间艺人学的京胡，后临时改拉二胡的。只有刘思远是童子功，他上小学的时候就开始学二胡，拉到十四岁，自然就比另两位拉得精准一些。吕剧的唱腔，听上去挺平稳，但几乎所有的过门儿跳跃性都很大，一般都要倒三把以上，揉弦的那只手需要速度很快地捋上捋下。据说吕剧的名字，就是由这个"捋"字演绎而来的。刘思远观察，拉吕剧的过门儿，杨老右能倒两把，三把就不灵了，那个李老成干脆二把也不敢倒。故而拉过门儿的时候，只能听见刘思远一把二胡抑扬顿挫地响，另两把就没声音了。这就把刘美芹震得一愣愣的。她跟思清说，姐呀，这个小远会识谱是吗？他怎么拉得这么好呀，跟着他的胡琴走，原来提不上去的调子能提上去，个别唱得不准的地方，他也能给你掩盖住！

思清说，他从小就吱嘎这玩意儿，还能不拉得好一点呀，哎，思远说，你唱得也特别有味儿呢，有你参加，今年的演出效果肯定错不了！

美芹说，呀，他真这么说了吗？他那个手长得跟女孩子手似的，特别小，揉起弦儿来那么灵巧，怎么长的来！

思清说，他从小上学，没大受过苦，干农活少了，手长得就小吧。

有关思远手小的话题，美芹当面也跟思远说过。那次是对《小借年》的戏词，天很冷，几个演员围坐在思清家锅屋的炕头上，腿上盖着被子。思远也围坐在那里伴奏。对完了的时候，美芹就说，小远啊，你怎么长了个女孩子手呀，那么小！

思远说，男孩子长了个女孩儿手，不好是吧？

美芹说，怎么不好呀，没听说吗？大手抓草，小手抓宝？你这个小手揉起弦儿来那么灵巧，怎么长的来！说着就抓起思远的手说是，看看，比我的手还小呢！比画完了，还十指交叉地握了一下。

排完了《小借年》，又排《王定保借当》。美芹不明白，什么叫借当。她问思远，借当是怎么个事儿？

思远说，这个借当，咱农村人一般都不明白，过去是有当铺这一说的，就是你急需要钱，一时没有，就拿着东西去当铺换钱用，待你有了钱，再把东西赎回来！这出戏的故事是，学生王定保于老师外出踏青之际，被同学拉去赌博，输了钱，怕回家父母责骂，只好去张家湾的舅舅家借钱还赌债。而他的表姐张春兰是他的未婚妻，她也没有钱，便背着父母将自己的嫁衣给了王定保，让其当了钱还债！恶霸李武举得此消息，因眼馋张春兰美貌，便乘机诬赖王定保是偷盗他家之物，将王定保打入南监。张春兰听到噩讯后，与妹妹秋兰一起星夜赶到县城公堂喊冤，终于救出王定保。

美芹就说，呀，这个王定保还是个学生呀，正上着学就定亲了。过去的戏里，一般都是女大男小是吗？

思远就说，何尝是戏里呀，咱庄上的两口子，差不多都是女大男小，还有一出现代戏叫《小女婿》，里面也有类似的情节。

美芹即挺佩服，你懂得可真多！

不想没过两天，美芹找着思清说是，姐呀，这个张春兰我演不了，中间还要跟王定保眼神交流，做害羞状什么的，我做不来！

思清说，演王定保的王义功可是老王定保了，一直都是他演的呀！

美芹说，那过去谁演张春兰呢？

思清说，过去一直是我演的，我婆婆是个老封建，她若见我结了婚还在台上舞舞扎扎，绝对会跟她当兵的儿子说三道四，惹出些不必要的麻烦！

美芹说，这个王义功看起人来色眯眯的，我没法跟他眼神交流！

思清说，要不我跟他说说？

美芹说，你一说就把我出卖了，还会闹出些不愉快！

思清说，那怎么办呢？

美芹说，你看哈，戏里的王定保是个学生，管张春兰叫表姐，那肯定比春兰小，我看思远演就挺合适，他也懂得剧情是怎么回事儿！

思清愣了一下，他演？他演谁来伴奏呢？你不是说，整个乐队就靠他来带吗？

美芹说，不会让另外两个凑合一下啊？再说，思远不上场的时候，也可以在下边伴奏呀！

思清说，你看着他个子挺高，实际上才十四，你让他在台上跟张春兰情意绵绵地眼神交流，我还怕把他勾引坏了呢！

美芹不悦，说什么呢姐？我演张春兰会把他勾引坏了？她也是我弟呢！

思清就笑了，忘了这个茬儿了，那你自己跟他商量去吧。

美芹跟思远商量，思远也是不同意，说是戏里面张春兰有两个大唱段，不是吹，离了我，他两个还真玩不转，再说往年王定保都是王义功演的，他唱得好好的，你一下子不让他演了，也不好说不是？

美芹说，往年这个张春兰还是思清姐演的哩，她能调，王定保不能调？

思远说，关键还是这个伴奏的问题不好解决。

美芹就直直地盯着他，小远哪，是我让你演的，姐让你演，你不演是吗？好吧，你不演王定保，我就不演张春兰，你看着办吧！

最后还是思清出面，重新分配了一下角色，说是张春兰换了，王定保也要换一下，给观众一点新鲜感，二大牙本来就不想演那个李武举，那就换成王义功吧！

另两位拉二胡的说是，那两个大过门儿拉不上去呀！思远说，我拉完了过门儿再上场也来得及，中间那个过门就将高音换成低音吧，甭倒把！

如此一换，还真是出效果，特别张春兰的那段大唱，刘美芹拿捏得特别到位，也特别自然："方才俺妹妹来借当，她拿着包袱转回还。表弟他进城去当当，必然是走俺的后门前。自打俺定亲三年整，整整三年没有见面。到底他出息个什么样儿，后门口里偷着看看。见着表弟把他劝，劝他往后别再耍钱。行走来在后院门，手扶门上开门栓，开开一扇留一扇，留着一扇遮容颜。出来后门用目看，从那边来了一少年。插花的巾头上戴，身上穿着紫兰衫。他拿着包袱低头走，一步一步走近前。我看他眉清目秀真好看，这二年强起那二年。怪不得婶子大娘夸他好，俺这辈子摊上个俊俏男，张春兰越看越爱看——"

还在排练的时候，思远就预感到今年的演出效果肯定错不了了。一次排练完了，思远说，姐呀，你演春兰，小菊演秋兰，搭配得还真是挺合适，秋兰漂亮，春兰端庄，分寸感出来了。

美芹笑笑，你是说我端庄吗？姐怎么个端庄呀？

思远说，端庄就是比较沉稳吧，有大家闺秀的风范，善良勤快，会疼人、关心人，还有重要的一条，就是令人温暖，与之相处，有一种暖融融的感觉。

美芹说，呀，这么个端庄呀，我令你温暖了吗？

思远说，我只是解释对端庄的理解！

美芹就笑着说，那我努力吧，争取令你温暖！

这年的演出，果然就大获好评，转过年来的整个一个正月，钓鱼台的演出队始终在周边的村里巡回演出。几年过去了，人们说起钓鱼台的演出队，还是会提起搞"社教"的那年冬天，节目好，水平高。

春节过后，一次去沂河对岸的村里演出，因为要抄近路，就没走沂河大桥，一律由男生背着女生蹚水过河，思远就背着刘美芹。当时看着河水没上冻，好像并不冷，但真正赤脚过河，还是冻得不得了，每走一步就像针扎似的，好在河水并不宽，过去之后，美芹就将思远的脚放进怀里了，用棉袄的前襟包着给他暖脚，思远也就真真切切地感受到了什么叫温暖！

思远家的院子挺大，房子挺多，整个一个冬天，演出队排练节目的日子里，演出队的些大姑娘小媳妇，晚上排练完了，往往就不走了，跟思清挤在一个床上睡，要么就在锅屋里的炕头上糊弄一宿。演出队解散之后，晚上仍然和思清做伴的就是刘美芹。思远上学住校，平时不在家，美芹就睡在他的床上，周末思远回来，美芹再和思清通腿儿。

麦黄时节，一次思远周末回家，见美芹正和姐姐商量什么事儿。思清说，你回来得正好，一会儿你帮你芹姐整一个典型材料。思远问是哪方面的材料，思清说，是学习毛主席著作的，上边要得挺急，今晚你俩什么也别干，赶快把那个材料弄出来！

思远说，怎么不让大队会计李老成写？

思清说，他倒是写了个东西，全是大话，根本不像咱庄户人家说的，你重新给她弄弄吧！

思远说，那得先拉拉，芹姐做过什么好人好事儿，之后往毛主席语录上靠一下就行。

美芹就埋怨思清，这事儿全怪你，我说不行，你非要把我报上，咱又没什么先进事迹，确实也是不好写。

思清说，这不是你一个人的事儿，也是咱团支部的荣誉；谁谁谁有病不是你帮着送医院的？谁谁谁生孩子急产，不是你给她接生的？你一个姑娘家干这个，确实也难为你了。

吃完饭，思清要去她婆家给她盖的那个新房子里看看，说是你俩今晚加加班儿，抓紧弄出来。

美芹长年住在这里，对这个家比对她自己家还熟悉，她洗碗刷盘子，手脚麻利地收拾一番，就跟他介绍情况。思远的床头有张三抽桌，思远坐在椅子上，美芹就坐在靠近桌子的床边。思远问她，你就说说帮谁家的媳妇接生的事。美芹就正儿八经地介绍具体是怎么个事，她说她过去从来没接过生，见过几次也只是打下手，那次是深夜，镇上的妇科大夫根本赶不过来，她就赶着鸭子上架，硬着头皮上了，好在她先前参加过培训，有几个生过孩子的娘们儿也在旁边帮着，"那媳妇下午还在地里干活，晚上就生了，你说泼辣吧？"

她说，让我一个十七八的姑娘家接生孩子，确实也是挺作难，看着就想吐，特别接生完了，人家还要下碗荷包蛋招待一下，那怎么吃得下去？

她说着的时候，思远就飞快地在纸上记，待讲了三四件助人为乐的事儿之后，思远问她还有吗。

美芹说，没了，我看这些就行了！

思远就补充道，你有件事儿也让我挺感动。

美芹说，什么事儿呀？

思远就提了一下春节过后他们一起去沂河对岸演出，他背她过河，她给暖脚的事儿。美芹就说，这件事儿你千万不要写进去好吗？那是你先背我过河，是你先感动了我，再说我给你暖脚也不是为了做什么好人好事儿！

思远问她，那为了什么呢？

美芹即用手指戳一下他的脑门儿，你就装吧！你就只会从我做好人好事儿的角度寻思？纯是个小坏蛋！

思远心里就热热的，所以我说你是个令人温暖的姑娘嘛！

还姑娘呢，我相信你不会管思清姐叫姑娘，叫姐——

思远就乖乖地叫一声，姐——

之后，两人商量一番哪件事儿往《为人民服务》上靠，哪件事往《纪念白求恩》上靠。思远说，还有一条重要的毛主席语录是一定要写上的，叫"一个人做点好事儿并不难，难的是一辈子做好事，不做坏事"。

美芹说，这一条好，我也比较熟悉！

快弄完了的时候，思远要美芹陪他去河边散散步，换换脑子。

美芹说，到底是中学生呀，还散散步，那就散！

两人一前一后地就去了村外小河边。月光皎洁，流水哗哗，河边柳树行里，月光斑驳，思远靠在一棵柳树上，说是，我们学校的前边就是沂河，河边也有一片柳树行，平时晚饭后我们一般都要去那里散散步、念书背课文什么的，那时会记得特别牢！

美芹说，你让我也感受到你的校园生活了，姐真的好羡慕！

思远说，这有什么好羡慕的，我还真不知道你做了这么多的好人好事哩。形象姣好心地善，学习毛著是模范；模样美来唱得好，演出队里当骨干。弟心里服了你了。

美芹嘿嘿地笑着，编戏词呢？你这个嘴呀，哄过多少女孩子？

思远就说，也许我从小跟姐姐长大的缘故吧，我不喜欢小女孩，我喜欢比我大、大的姑娘。

美芹即拉着他的手，说你就是个小王定保！

两人往回走的时候，思远让美芹去看看姐姐，问她那里有什么活没有？

美芹说，你不去呀？

　　思远说，我一去她该发火了，让你在家写材料，你俩到处乱窜！

　　美芹说，我去怎么说呀？

　　思远说，你自己不会编呀？我相信你会编！

　　思远回到家，没多大会儿，美芹兴冲冲地回来了，说是思清姐今晚不回来了，她正忙着将一些她和姐夫的照片往相框里夹呢！

　　思远说，她就喜欢鼓捣这玩意儿，弄几张照片不知挂哪里好！

　　美芹说，我感觉她是想姐夫了。

　　思远说，也可能，哎，她没问你怎么来了呀？

　　美芹说，问了呀，我说你正在家写材料，怕打扰你，就跑过来看看，有我干的活没有！

　　思远说，我说你会编吧？编得还怪圆，哎，我写了一段，念给你听听呀？

　　美芹说，好，念吧！

　　思远即用美芹第一人称的口气念了一段，美芹心里服得了不得，说是，虽然有点拔高，可听上去还是比较自然！

　　思远说，回来的路上，突然看见李老成家的山墙上有一块大语录牌，上边就写着一个人做点好事并不难那一段，我相信你平时也经常会看到，脑子里有这么一句话是可能的，这么写可能会比做好人好事的时候"突然想到"自然一些。

　　她又握起思远的手，说是你这个手呀，会揉弦儿，还会写字，姐也服了你了！

　　思远挣脱开手说是，你睡去吧，我一会儿就弄完了！

　　美芹撒娇地说是，我不，我愿意看着你写！

　　思远说，你这么情意绵绵地在旁边看着，我写得下去吗？

　　美芹说，臭美吧你，还情意绵绵呢，你不会别看我呀？你不看怎么知道我情意绵绵？

　　思远说，我不看也知道你情意绵绵！要不，你去忙点别的，别在我旁边坐着！

　　美芹索性将腿放到思远的腿上了，就不，就看、就看——

　　思远笑笑，那就看吧——

　　思远一边写，一边说，我的字挺潦草，你能认出来就行，写完了你再抄一遍可以吗？不认得的字你再问我！

　　美芹赌气似的，我才不抄呢！

　　思远说，抄一遍就等于背一遍，这也是我背课文的诀窍，我感觉你会写字！

美芹就蹬他一下，说是好吧，抄、抄！说完出去了。

不一会儿，美芹端了一碗荷包蛋进来，说是给你弄了点吃的，犒劳一下你这个有功之臣！

思远说，呀，好香，咱们一起吃——

美芹说，你知道我不吃这个！

思远便寻思，这鸡蛋和挂面是她拿来的定了，她接生过后，威信大增，连同平时看病什么的，往她家送这玩意儿的应该不会少。

吃完了荷包蛋，思远任她在旁边看着，抓紧写完了，之后说，好了，睡！

美芹又端来一盆水，让他洗脚，思远说，我自己倒洗脚水，你睡去吧！

美芹平时跟思清在里间睡，美芹幽幽地看他一眼，那我睡去了呀？

思远嗯了一声，躺下的时候，却好久没睡着，他被美芹幽幽的眼神，连同她从姐姐那里回来，说思清姐今晚不回来了的兴冲冲，刺激了一下。

美芹顺理成章地当了县上的学习毛主席著作积极分子，参加了县里的"积代会"，还在会上发了言。

这年的暑假，思远初中毕业，在家等待中考的结果。思清即趁他在家，要去部队看她丈夫，说你姐夫今年年底要复员，趁他还在部队，你姐夫让我去看看哩！

这么大的院子，思远自己在家不放心，思清让美芹晚上照常过来和他做伴儿。庄上的四邻八舍都知道她俩好，也都知道美芹跟思远亲姐弟一般，对此也都不以为意。

思清走了之后的头两天，美芹和思远晚上在一起的时候，稍稍有点不自然，不自然一会儿也就放松下来，两人都觉得正因为思清不在家，才更不应该出事儿。但两人毕竟互相欣赏着，说着说着就热络起来。美芹说，上次姐能评上县里的学习毛主席著作积极分子，多亏了你呀小远，你怎么那么会写呢！

思远就说，主要是姐干得好，干得不好，再会写也没用！

美芹说，弟这么有才，你那些女同学还不一群群地拥上来呀？

思远说，你放猪呀，还一群群的？人家还小呢！再说我也不喜欢小女孩！

美芹就笑笑，哦，我忘了你是个小王定保了！

然后又说起排练节目及村里一些非常隐秘的事。

那晚有雨，电闪雷鸣。两人洗了脚分别上床的时候，美芹说，弟啊，姐怕打雷，你过来和我通腿儿！

思远端着罩子灯，进到里间，美芹就上床拿扇子往外赶蚊帐里面的蚊子，思远说，赶什么呀，直接拍死得了！

美芹说，你拍死蚊子，就把蚊帐弄脏了，还是扇！

思远注意到，美芹上身只穿了个白马甲，下身就穿了条蓝内裤。那时农村姑娘还不兴戴乳罩，那种扣子很多的马甲就顶乳罩用了。美芹的胸部较饱满，中间的扣子系不上，只扣了上下两端的扣子，给人一个撑破了的感觉，连同她修长的身材，白白的肌肤，就把思远诱惑得口干舌燥。昏黄的灯光之下，蚊帐里面也有一种房中之房的气氛，非常的暧昧。熄了灯，思远躺下就睡不着了。思远相信美芹也没睡着，不一会儿就听见那头窸窸窣窣的声音，外边下雨，屋里很闷热，她是在脱那件扣子很多的马甲定了。一道电光闪过，接着是一阵闷雷，轰轰隆隆，声势浩大，仿佛要把房子轰倒似的，不远处还传来不知谁家的院墙倒了的哗啦声，美芹就一下扑到这头来了，不行小远，快抱着我！

半裸着的两人就抱在一起了，电闪雷鸣、风雨交加中，两人即情不自禁激情起来了……一切是那样的顺理成章，自然而然，谁也没觉得突兀。

激情过后，两人都确认刚才的事情不是一时冲动，而是互相爱恋的结果，且都是初恋。

美芹向他解释，姐比你大几岁，另外参加接生和计生方面的培训，也知道了点事情，特别那些一起去培训的娘们儿老拿这个开玩笑，腐蚀得我不轻！你不会嫌我主动吧？

思远说，不会呀姐，我喜欢你主动！他告诉她，其实我早就暗恋着你了，只是没敢向你表达！

美芹说，怕什么呀宝贝？

思远说，怕你嫌我小，我一表示，你会说我人小鬼大，不学好！

美芹笑得咯咯的，抓了他一把，你是人小鬼大不假，可真大！

……

思远暑假期间也到副业队干活。这天是在果园打药，美芹也在那里，因为想掩饰两人之间的情感，思远就没敢靠近美芹，而是跟在《王定保借当》里演秋兰的小菊等几个姑娘在一起，小菊问思远，这个六六六真是试验了666次才成功的吗？

思远说，不是，是这种药的分子里面含有碳原子、氢原子和氯原子各六个，就简称六六六了。

小菊说，呀，分子呀，美芹姐也是个分子呢，是积极分子！

美芹在远处没听清，朝这边看了看，瞅了思远一眼，又扭头干活了。

那几个姑娘又开始嘲笑王老右，说他给丈人过生日，下饺子的时候拿着勺子在锅里乱搅和，将饺子都搅烂了，之后让他丈人着重地喝汤，说精饲料在汤里……哈的就是一阵笑。

这天晚上，美芹过去和思远做伴，一进屋，思远就将她抱住了，怎么才来呀老婆？

美芹一把推开他，去去去，谁是你老婆？

思远不解地，怎么了姐？怎么翻脸比翻书还快呀？

美芹说，你眼里还有姐吗？

思远说，有啊，一整天满眼里都是你！

美芹仍然不悦地说，小没良心的，一整天就听见你跟那个小菊嘻嘻哈哈，有说有笑，还六六六呢，还七七七哩！

思远说，你不是说咱俩好的事儿，不能让别人看出来吗？

美芹说，那也不能连看都不看人家一眼哪！

思远又揽过她，恰恰相反，其实我眼睛的余光一直在注视着你，只是没敢正眼看罢了！

美芹就拧他一把，还眼睛的余光呢，没感觉出来！

思远做一个余光一瞥的眼神，喏，就这样，感觉出来了吗？

美芹嘻嘻着说，你这是斜眼看人，哪里是什么余光！

思远即做出可怜兮兮的样子，说是冤枉死我了，本来我不想去干活的，因为想见到你才去的，结果你还……

美芹吻他一下，好了宝贝，知道你的余光里有姐就是了。

思远主动端来一盆白天晒过的水，要给美芹洗脚。美芹说，一起洗呀，两人的光脚就在木盆里互相摩擦纠缠起来，美芹说，弟呀，你给思清姐洗过脚吗？

思远说，没有！

美芹就说，呀，姐好感动哟，你也挺细心，还预先把水晒热了。

两人上了床，美芹偎在思远的怀里，说是，昨晚我说咱俩好的事儿不能让别人看出来，可你一整天不理我，还是觉得备受冷落，姐真的爱上你了！

思远说，我还不是一样？干活的时候老想看着你，可就是不敢！只得和别人说话，让你听见，引起你的注意——

美芹说，姐知道你的心思，可听见你和小菊在那里嘻嘻哈哈，姐的心里还是不是味儿，姐吃醋了——

他吻她一下，说是其实我嘴上和她说话，心里想的全是你！

美芹说，远哪，姐好爱你，就怕你没有常性，要了我就不珍惜我了！

思远说，说什么呢芹，恰恰相反哪，因为要了你，所以更爱你了，一会儿看不见都不适应了，明天一起干活的时候，咱就不时地互相看一眼吧！

美芹说，就怕你情意绵绵地看人家，反倒露馅了！

思远说，那怎么办呢？

美琴就发一番感慨，你看哈，庄上的人知道我和思清姐好，姐不在家，我天天晚上来陪你，人们也不会乱寻思，觉得那是正常的姐弟关系；可要看见咱俩眉来眼去，人家绝对就会怀疑咱俩有一腿！

思远说，切，还有一腿呢！

美芹说，不都这么说吗？

思远说，我觉得有一腿是指乱搞男女关系，是搞破鞋，咱俩是恋爱呢，而且正在热恋着——

美芹激动地抱住他，哦，你觉得咱俩是在恋爱吗？

思远说，我觉得是，我俩互相喜欢着，一会儿不见就想得慌，那还不是在恋爱？

美芹就说，是的，我俩是恋爱，姐让你这个小鬼头迷住了，以后不准你跟那个小菊胡啰啰！

思远说，说什么呢？跟她说话是为你打掩护呢！

美芹说，我不需要你给我打掩护，在外人眼里，咱俩再好都是正常的姐弟关系，你一打掩护反倒引起别人注意了！你那么有才，又那么会说，三掩护两掩护就让她动心了！

思远说，她动心没用啊，小远早已心有所属，给了芹姐了！

美芹就说，哦，我的宝贝，你的心真给姐了吗？怎么给的？啊，我看看……

不想激情过后，美芹竟哭了。思远吓了一跳，怎么了姐？

美芹眼泪汪汪地说，远呀，姐离不开你了——

思远说，谁让你离开来着，你等我几年好吗？到时我娶你！

美芹就说，姐也好想嫁给你，但这可能吗？谁都知道我把你当亲弟弟看待，思清姐也才让我过来陪你，结果我把小我五岁的弟弟勾引了，我还有脸在庄上活吗？

思远被她严肃的语气和神情吓了一跳，怎么是你勾引我的？到时我会告诉姐是我勾引你的！

美芹苦笑着打他一下，傻弟弟，你这么说有人信吗？你才十五，你会勾引二十岁的姐姐？

思远说，那个刘乃成还不是十五岁就结婚了？他老婆也比他大五六岁吧？

美芹说，那是什么时候，现在是什么时候，那时候还没实行婚姻法，人家又是早定的娃娃亲，刘乃成的爹因为出身不好闯关东了，他在家没人管，才提早成亲的！

思远说，到时我会哭求姐姐，让她同意咱俩恋爱结婚，你俩这么好，我相信她会通情达理的。

美芹被他的天真与执着逗乐了，傻弟弟呀，你是全庄识字最多、最有文化的人，你将来前途无量，还正上着学，绝对不能告诉思清姐，你若说了，我就不跟你好了！

思远说，那怎么办呀，愁死我了！

美芹被他的话及神情也吓了一跳，好了宝贝，姐没说现在离开你呀，咱俩该怎么好还怎么好，只是别让任何人看出来好吗？

思远说，现在不离开，将来也不离开——

美芹就说，好的我的小丈夫，姐永远不离开你，行了吧？

之后，两人又分析恋爱结婚的可能性。美芹说，有天晚上我和思清姐躺在床上说话，我说这个思远小大人儿似的，会拉二胡会识谱，懂得又那么多，他是怎么学的呢！你猜姐说什么？

思远问，她说什么？

美芹说，姐说你也夸我来着，说我是宣传队的骨干，扮相好，唱得也好，还会疼人照顾人；之后姐就说，小远要大几岁就好了！我一时没明白是怎么回事儿，问她，他若大几岁怎么了？她说，那我就把他介绍给你，让你做我的弟媳妇！一下子把我弄了个大红脸。

思远问，你怎么说？

美芹说，我说人家能看上我呀，他什么样的女同学没有？姐说，他女同学多，未必有你漂亮，也未必有你会疼人。知道吗宝贝？姐随便那么一句，竟激动得我一晚上没睡着，脑子里全是咱们恋爱结婚的情景。

思远就说，那说明有戏呀，不是不可能呀！

美芹又说，你给我整材料的那天晚上，思清姐不回来住，我也觉得她是给咱创造单独在一起的机会。

思远也这么认为，说是姐姐自打结了婚，特别她婆家给她盖了房子，她好像就急于把我托付给谁，我隐隐约约有这么个感觉。

48

美芹就唉一声，都是苦命人哪，真的好希望她能成全咱们。

此后的十几天里，两人度蜜月似的形影不离，感受了新婚般的甜蜜，也尝试了美芹拿来的放了几年不曾有人用过的许多计生用品，让思远学到了不少知识，也知道了美芹的一些特点，比方她喜欢听"我的爱"之类的情话，也比较讲卫生等。

半月之后，思清回来了。思远也接到了全县唯一的一所高中的录取通知书。思清让思远把美芹请过来一起吃个饭，免不了连接风加祝贺的闹腾一番，呈现出一个三口之家般的欢乐气氛。

吃完饭，思清神秘兮兮地让美芹进了里间，之后给她一个小东西。美芹打开一看，是胸罩！美芹既羞涩，又惊喜，是胸罩吧？以前只是听说，从没戴过，谢谢你呀姐！

思清说，我还不是一样，买的时候，还有点不好意思呢！

可思清让美芹试戴的时候就发现了问题，呀，几天不见怎么像变了个人呀小芹？这里大了，皮肤也水灵了，是不是找对象了呀妹妹？

美芹吓了一跳，遂故作镇静地说，说什么呢姐？我要找对象也得先经过你呀，你不答应，我敢吗？

思清笑笑，我真有那么重要吗，还得先经过我？

美芹就动情地说，姐呀，我来钓鱼台这些年，你说说，还有谁比你对我更好、更亲？

思清说，咱俩投缘呀，是自家人呀！

美芹就说，我在这个家比在自己家时间还长，我早把你看成自家人了。

思清乃是过来之人，那两位又正在热恋之中，两人自以为把握得挺有分寸，可一个对视的眼神，即让思清瞧科（方言：看穿之意）了。美芹不在的时候，思清问思远，小远呀，你和你芹姐是不是好上了呀？

思远脸红了一下，索性直说了，是呀，我俩好上了，我爱她！

思清还是吃了一惊，你才多大呀你爱她？

思远说，我马上就十六了！

思清说，是美芹先勾引你的吧？

思远说，谁也没勾引谁，是我俩同时喜欢上对方的，去年冬天一起排练节目的时候，我就喜欢上她了！

思清恍悟道，怪不得她一定要你演那个王定保呢，原来你俩早有默契了呀！

思远说，也不是，那时还只是互相有好感。

思清问，那你俩什么时候谈开的？

思远说，你去部队，她晚上过来和我做伴儿，那天有雨，电闪雷鸣，我俩都有点害怕，就跑到一个床上了。开始是通腿儿，可雷声大作，对门儿老高家的院墙还倒了，哗哗啦啦地挺吓人，她就扑过来和我一头睡了，睡着睡着，我们就……

思清惊讶地说，呀，都到这种程度了呀？你俩就这么爱上了？可爱上之后呢？你一个初中刚毕业的毛孩子，能养活她吗？

思远说，我们又不是现在就结婚！

思清说，你上了高中考大学，等到大学毕业才能结婚，那时七八年过去了，她能等你吗？

思远说，我感觉她能！

思清说，就算她能等，你呢？你能保证不会有变化，永远对得起人家吗？你们现在爱得死去活来，我倒要看看明年你俩会怎样，你高中毕业会怎样，等你上了大学，如果你俩仍然像现在一样爱得蜗牛黏缠，那我支持你们！反正我也挺喜欢美芹的，将你交给她，我放心。

思远说，其实我俩还没想那么远，要不我把你的意思说给她，我们再商量商量？

思清又说，还有，我不在家的这一段，你俩是不是天天在一起呀？

思远说，基本上是！

思清说，你们采取措施了吗？

思远说，她就管计生、接生，还能不懂呀，采取了！

思清说，我可告诉你，她若怀了孕，不仅你的前程毁了，你俩在这个庄上也不能混了，明白吗？

思远说，明白！

思清说，要不要我直接跟美芹谈谈？

思远说，千万不要，我求姐了，你就装不知道的好吗？

半天，思清又唉了一声，说是这个小芹各方面都好，人也漂亮，心也善良，就是比你大得太多了，她若比你大个三两岁嘛，我还好接受！

思远就说，她自己也有这种担忧，一方面担心我比她小得多，没有常性；另一方面又觉得，我懂得的事儿比她多，她在我面前好像比我还小似的，她也从没把我当作小孩看。

思清说，既然你们都懂得不少，你们自己看着办吧，你俩一个是我的亲弟弟，一个是我喜欢的大妹妹，我要硬把你俩拆开，肯定是对你们的伤害，我可不做让你俩恨一辈子的坏人！

暑假过后，思远即去县城读高中了。这期间，美芹依然天天晚上过来和思清做伴儿。有天晚上，美芹没过来住，后来听说是美芹老家的一个叔来了，应该是在家帮着待客的。第二天一大早，美芹过来了，眼泡肿着，哭过的样子。她来告诉二姐，她老家那里的一个大油田开始招工了，她的户口因为仍在老家，符合招工条件，叔叔来就是让她回去招工的。

思清说，这是好事儿呀，在那样的国营单位当个工人，无论如何比窝在沂蒙山刨一辈子土坷垃强！

美芹即唉一声，都这么说呢，可要离开这里，还是会依依不舍，我走了之后最想的就是……你！

思清说，光想我吗妹子？不想小远？

美芹怯怯地问了一句，他跟你说什么了吗姐？

思清说，没有啊，我是看着你俩平时挺好的，互相喜欢、互相夸奖，他夸你长得漂亮、心地善良；你夸他有情有义、前途无量，应该会想他……

思清这么说着的时候，就见大滴大滴的泪珠从美芹的眼里滚落下来，说声能不想吗？我爱他——就哇哇大哭起来，哭一会儿，又呕吐了半天。思清给她捶背的时候，也掉了眼泪，说是他若知道你就这么走了，不知会伤心成什么样儿呢！

美芹一下抱住思清，哭着说，难死我了呀姐——

思清就唉了一声，说是听我一句话好吗妹子？招工是千载难逢的机会，过去这个村就没这个店了，你绝不可感情用事，误了一辈子的前程！我确实也有私心，觉得你和小远互相喜欢，你比他大几岁，也会疼人，将他托付给你，我放心！我也试探和嘱咐过他，你若真的喜欢你芹姐，绝不能没有常性，以后做对不起人家的事！他也答应着。可答应归答应，他毕竟还是个学生，将来有什么出息，现在真的很难说，你俩若真有缘，他若真有出息，我相信你俩会有联系的办法，四姝不走不是？你走了，他伤心，这是肯定的，他那里的工作我来做，我把给你说的话说给他，他不会不明白，你有本事就混出个人样儿来，追你芹姐去呀，说不定还是一个激将法呢，所以你甭作难，你就放心地走吧，好吗妹子？

美芹又唉一声，说是姐这么一说，我心里稍稍松快了一点，这两年我基本上和你住在一起，咱仨也基本上是一家人的样子，我多少次做梦当你的弟媳妇，昨晚我一夜没睡，我和小远都是初恋，我不知该怎么对小远说，我真的离不开他，我好想他……她说着又掉了眼泪，唉，还是姐说得对呀，我俩都争取吧，但愿还能走到一起，咱仨能成一家人！

周末，思远兴冲冲地从县城回来了，叙说一番县城高中的生活，学校怎么样，老师又如何，思清听着、应着，也愁着，该怎么告诉他美芹突然走了的事。吃饭的时候，思清问他，小远啊，你听说黄河三角洲那里，建了个大油田吗？

思远说，建了呀，小喇叭里不是广播了吗？叫胜利油田，是国家重点工程！怎么突然问起这个来了？

思清说，我也是从小喇叭里听说的，听说还大批招工什么的！

思远说，几万人的个大工程，肯定会大批招工呀，从别的油田来一部分，当地再招一部分！哎，是不是姐夫今年复员，会分到那里呀！

思清说，不知道呢，要分到那里就好了，就怕分到外省的兵工厂去了！

说说话话的，到得晚上，思远还在院子里走来走去。思清知道他的心思，即将他叫到屋里了，小远啊，你是不是在等你芹姐呀？

思远脸上红一下，她不来和你做伴儿了？

思清说，她走了，回老家了！

思远大吃一惊，回老家？她老家不是咱这里？

思清说，你不知道她是怎么来的是吧？

思远说，不是她妈改嫁到咱这里，她跟过来的吗？

思清说，她妈是困难时期，从黄河北要饭过来嫁给四叔的！

思远又惊讶了一下，呀，是要饭过来的呀，我还真不知道哩！

思清说，你不知道也正常，你当时还小嘛！四婶娘家那里，现在就正建着大油田，我也是刚知道，美芹的户口竟然一直没起过来，人家那里招工，她又符合条件，她的一个亲叔就来把美芹领回去招工了。

思远就说，呀，是这样呀！

思清说，她也不姓刘，姓刘是来到之后跟四叔姓的，她原姓林，叫林美芹，她亲生父亲病故了，可那里还有一大家人家，爷爷、奶奶、叔叔、姑姑什么的都还有，她来的时候已经十四岁了，户口又一直在那里，现在形势好了，人家当然要领回去了。

思远木木地应着，哦、哦，眼泪却一直在眼眶里打转儿。

思清说，美芹走之前过来跟我告别，眼肿得灯泡似的，她来的这几年，村里待她不薄，让她干卫生室，又选她做学习毛主席著作积极分子，要走了，她当然也依依不舍……

思清这么说着的时候，思远的眼泪就扑簌扑簌地掉下来了。

思清也掉了眼泪，远哪，别怨你姐狠心，我知道你俩相爱，你俩又都是初恋，她也一直在作难，哭得眼都肿了，嘴上也起了泡，为了你，我不让她走，她可能会留下，可机会难得，咱别误了人家的前程，咱也不能保证人家将来的幸福，你还小，十六岁还不到，你俩若真有缘，你若真有出息，那就混出个人样儿来追她去！四婶又没走，也不会失去联系，我放她走，你不会恨我吧小远？

思远就哭出声来了，你做得对呀姐，我怎么会恨你？

思清说，我还是那句话，也看你有没有常性，你才上高一，等你高中毕了业，待你上了大学，你俩的环境都变了，那时你会不会还爱她！

思远就说，我知道了，也记住了！

思远也一夜未睡，想起了与美芹的前前后后。他想起，几年前他还跟她不熟的时候，有一次，他在西山坡上远远地看见四婶跟瘦小的美芹在地里剪地瓜秧，剪着剪着，娘俩竟抱在一起哭了，想必是想起了她的亲生父亲吗？他想起那个雷雨之夜，两人激情过后，她让他点上灯，看床单上有没有血，当他确认过后，她说她就是要把她的第一次给自己最喜欢最爱的人，这下终于实现自己的心愿了。他想起他与她最后一次钻苞米地，她说，思清姐好像已经知道咱俩的事了呀，她骂你了吗？他说，没有啊，姐的意思是让我们顺其自然，她就说，这是个好姐姐，你将来肯定也是个好丈夫……

当年的冬天，村上再办演出队的时候，思远照例在乐队伴奏，不禁又想起刘美芹。有一次，他见四婶在大槐树底下推碾，就过去打招呼，推碾呀四婶，我帮你推吧。

四婶看见思远，就说甭价呀，放寒假了呀小远？

思远答应着，放了，村里这不是又办演出队嘛，就都想起芹姐来了，芹姐有信来吗？

四婶说，有啊，每次来信还都问你二姐好呢！

思远就说，噢，芹姐在油田当工人，挺好的吧？

四婶说，工人？她就是个家属工，过得还行。

思远愣了一下，家属工？芹姐结婚了呀？

四婶说，结了，回去不久就结了。

思远回家跟思清提起这事儿，你还说我没常性呢，人家早就结婚了！

思清也挺吃惊，呀，早结了呀，那你就死了心呗，别再心心念念的了。

一年之后，"文革"开始了。再过两年，看看大学不招生、工厂不招工，思远就参军了。春节之后，接到入伍通知书的那几天，美芹突然带着孩子回娘家来了，不大一会儿就带着孩子过来拜年，思清姐弟俩，见到美芹惊喜万状，连抱带亲的，说胖了瘦了想死了之类的亲热话。思清看见那孩子，愣了一下，感觉在哪里见过似的！美芹让那孩子管思远叫舅舅，那孩子就扑到思远的怀里，亲亲地叫舅舅，美芹让那孩子管思清叫大姨，那孩子就怯生生地叫大姨。

美芹说，小远要去当兵了呀，真的长成大人了！

思远说，接到入伍通知书了，正月十二到县城集合。

思清给那孩子拿糖、想抱抱他，他还怯生，躲在思远的怀里不让抱，思清遂问那孩子叫什么名字，会说吗宝贝？

那孩子口齿不清地呢喃着，叫小进还是小近，没听清。

思清又问他，几岁了呀？

那孩子说两岁了！

思清就对思远说，跟你外甥小玲同岁的呀！

再一问，小一个月不到！

思清老想领那孩子出去玩玩儿，想给美芹和思远一个说话的机会，他就不出去。思清遂张罗着弄菜，要留美芹娘俩在这里吃饭。美芹说，不了，家里还有一桌呢，我走了不好！

思清也没强留。美芹走的时候，要那孩子跟舅舅、大姨再见，思清问那孩子，管我叫姑姑愿不愿意呀？

那孩子脱口而出，姑姑再见！

思清让思远去送送美芹，看这孩子跟你挺亲的，不舍得离开呢，你抱着孩子送送你芹姐！

美芹的娘家在钓鱼台村的西北角，从思清的新家去四婶家有一条近路可走，穿过一条小胡同，经过一个菜园，再从园墙的一个豁口处出去，就到了村外的一条小路，平时很少有人走。思远抱着孩子，美芹就抓着思远的胳膊，跟孩子说话，小近啊，舅舅叫思远，是思念远方的咱娘俩呢，记住了吗？快亲亲舅舅！那孩子就乖乖地亲他一口。

到得有着园墙的菜园一角，看看四周没人，美芹把思远拉住，说是远啊，感觉出孩子跟你亲了吧？我知道思清姐也看出来了，没必要再瞒你，小近是你的孩子！我领他过来就是让你看的。思远即惊得目瞪口呆，半天没回过神来，之后嘟哝着怎么会是这样呀，真是做梦也没想到啊，苦了你啊姐……眼泪顿时涌了出来，美芹也泪水满面，她将思远紧紧地抱住，三张脸凑到一起，三张嘴也吻在了一起。美芹在他耳边悄声说，儿子小名叫小近，远近的近，我丈夫姓卜，儿子的大名就叫卜再远。

思远即大哭起来，姐，我好想你啊——

美芹捂住他的嘴，远啊，姐也想你，你是我的初恋，爱上你，姐不后悔，有你儿子在我身边，也不觉得苦……说着又是一阵哽咽。那孩子看两人泪水滂沱，小嘴一咧也想哭，美芹赶紧接过孩子，说声，妈妈跟舅舅好久不见，是亲呢，听话，不哭！

思远抱着她娘俩，这些年你怎么过的呀姐，疼死你的远了啊——

美芹抱着孩子蹲下去，唉，我走的时候，老家确实在招工，可那时我已经怀孕了，人家不要，只好赶紧找个对象，先保住咱的孩子，老卜比我大十岁，对我还不错，也特别疼孩子，我就在他单位干家属工……

思远问，他知道孩子的事吗？

美芹说，他应该不知道，他是个大老粗，我和他结婚七个月生的小近，我当时借故摔了一跤，算是早产。

思远就又唉一声，所有的难为都让你受了，我除了想你什么也做不了，这个家，哪里都是你的影子，去外省当兵，原本是想换换环境的，如今又有了新的牵挂了，我不知道该怎么补偿你，我只要你记住，你是我永远的爱，儿子是我一辈子的亲，儿子的名字是你起的吧？起得挺好，就让儿子替爸爸在你身边陪伴你、亲近你吧！好吗我的儿子？说完亲一下儿子又哭了。

美芹拥吻着他，好了宝贝，别耽误太久了，你独自在外，自己照顾好自己呀，以后的事，就等他大了再说吧，好吗小远？

思远给她擦干眼泪，说是，好呀姐，你的话我都记在心里了，也全明白了，你也好好的呀姐！

美芹将他的手摁在脸上，狠狠地亲几下又咬一口，之后从衣兜里掏出一个小盒，说这是儿子满月时的一绺头发，你想我们娘俩的时候，就亲亲它吧！

思远流着泪吻孩子的时候，三人的嘴又亲在了一起，扯肝动肺、刻骨铭心……

思远回到家，思清问他，小远哪，你看小近像谁？

思远说，像芹姐呗！

思清说，你个傻蛋，没看出他像你吗，整个一个小时候的你，我可以肯定地说，这个小近就是咱家的孩子！

思远就哭了，是，他是咱家的孩子！

思清的眼泪也掉了下来，是美芹告诉你的？

思远说，她感觉你看出来了，没必要再瞒我了。

思清说，你仨出去的这会儿，我想起美芹走的时候，在咱家哭，哭着哭着就吐了，她那时就怀孕了吧？

思远流着眼泪说，是的，她为了保住这孩子，工也没招上，只好赶紧找个主儿结婚了。

思清唉一声，苦了你芹姐了，人家全是照顾咱的面子呀，我当时若知道，不让她走就好了！

思远就说，人哪有前后眼哪，你就是把她留下，咱给人家的生活也未必有人家现在幸福！他说着掏出美芹给他的那个小盒，说这是孩子满月时的头发。

思清接过来看了看，说这孩子的头发好黑，像小时候的你，说明美芹还是有准备呀，她领孩子过来就是让你看看的。

思远就说，她是个有心人啊！你瞧她给孩子起的名字，小近，远近的近，她丈夫姓卜，她就给孩子起名卜再远！思远说着又掉了眼泪。

思清将那个小盒又递给思远，还是你留着吧，出门在外，有你儿子的头发在身，你就有了牵挂，也有了责任，好好混吧小远！哎，她给你留孩子的头发，咱是不是也该给孩子送点什么呀？

思远说，送什么呢？

思清说，要不就把你小时候戴过又给小玲的那个小金锁送给他吧？把咱家的孩子锁住，别让他跑了，我去送，顺便看看她男的长得什么样儿！

思远说，你千万别说漏了嘴呀姐！

思清就说，放心吧，就说是我当姨的一点心意！说完急匆匆地窜了。

好大一会儿思清才回来，说是人家正吃饭呢，还喝了一杯酒，整个过程非常自然，四婶也会说话，说我是美芹最好的姐姐，还是当姨的对孩子亲！美芹的丈夫挺老相，也挺实成，管我叫姐，还敬了我一杯酒；美芹带孩子送我出来的时候，我告诉她，这个金锁是思远小时候戴过的！美芹说，我明白！之后让孩子轻轻叫了我一声姑姑，孩子叫我的时候，我的眼泪怎么也没忍住，美芹也掉了眼泪，说是姐呀，我来钓鱼台这些年，对我最亲的是你，对我最爱的是小远，我和小远相爱的那些日子，是我一生最甜蜜、最幸福的时光，以后不会再有了！我跟她说，你俩好的时候，我还怕小远没有长性，没想到这孩子的心这么重，唉，他想你，可一直闷在心里，我看出来了，他这些年不快活呀……说完，我捂着嘴跑了。

思远故作轻松地说，姐呀，你别这么想，其实我知道她结婚之后，你让我死了这份心，我基本上也就不再想了，没想到一看见这孩子，竟又勾起往事来了，也许我出去躲几年，心情会好的，你别再想我快活不快活的事了。

思清说，这孩子我会留意的，美芹那里要有事，四婶不会不知道。

刘思远在部队混得不错，按照一年入团，两年入党，三年提个小排长的程序爬了上去，最后官至正团，还成了小有名气的书法家。他第一次探家的时候，四婶过来坐了坐，提到外甥小近，说是已经上学了，学习还不错云云。

再过几年，思远先结婚成家，后从部队转业，安排到了某市书法家协会做副主席。从青年至中年，他偶尔还从思清的嘴里知道一点小近娘俩的消息，渐近老年，四婶去世了，渠道不通了，有关小近娘俩的消息也就中断了。他多少次希望能为小近娘俩做点什么，因为不方便，消息又中断，也终究没能做。可他一直还在想美芹，思小近。

……

哦，刘老同志想起来了，那晚之所以做了这个非常清晰又令他缱绻的梦，也是因为那天他从网上看到一条消息，马克龙当选新一届法国总统，第一夫人布丽吉特比总统大了二十四岁，而马克龙就是十五岁的时候爱上她的……

刘思远不禁长叹一声，唉——

第四章　春节故事

一

讲一个春节的故事，类似贺岁片的那种。

世纪之交，沂蒙山深处羊头峪的村民们过了个好年。你从这庄的孩子们逮着机会就啰啰那个"有人花钱吃喝，有人花钱赌博，有人花钱美容，有人花钱按摩，今天揽了个好活，有人雇我唠嗑"，要么就来上一嗓子："腿（忒）伤我的自尊咧——"就能看得出来。

这全仗了乡广播站长梁广文的努力，是他让这个只有十三户人家的小村村民们第一次看上了电视。那位要说了，都什么年月了，人家连电脑、因特网什么的都玩得不耐烦了，你这里才看上电视，有什么好吹的？看官，话是这么说，问题在于这里穷还在其次，关键是地形地貌太复杂了，你听听这名字就知道是怎么个概念：羊头峪！十三户人家，哩哩啦啦散落在羊头状的个山坳里，这里一撮儿，那里一堆儿的，而四周还都是重峦叠嶂，你那个差转机的功率再大也不行不是？当然也不光是他一个人的努力了，还有"村村通"的个号召及方方面面的关怀和支持在里面，但他起了关键性的作用。

梁广文当过几年通信兵，爬过电线杆子，复员回来就被安排到了乡广播站。他这人挺有意思，喜欢拉一些乡间俚语、民间笑话，也喜欢唱京剧。他唱京剧只会唱两句，叫"杨子荣有条件把这副担子挑，他出身雇农本质好，从小在生死线上受煎熬……"但唱得不准，我们那个外号"播音晚（完）了"的女播音员一听他唱那玩意儿，就说，不好了，杀猪的来了。我在县广播站干编辑的时候，还属条条管理，他那个乡一级的广播站归县广播局管着，他每次到县上来开会，挎包里总要装一些小土特产，如花生、核桃、栗子、枣之类。见了我们就掏出一把来，说是没什么好东西，给你们尝尝！他若有一次没带东西，那就过意不去，他会临时到商店买一点糖块儿散给大家，露出怪不好意思的那么种表情，说是走得急，忘了给你们带点吃的了。那次我说，你是把我们当作小孩子了吧？来开会还走亲戚似的，非得带点好吃的不可？

他就说，这是我们燕崖乡的风俗，时间长了不见面怪想得慌，见了面总得意思意思不是？再说我又不抽烟，会抽烟的见了面递个烟什么的，咱不会抽，在那里干坐着怪不得劲的。——他是把那些小土特产当作烟卷的替代品了。

他那个乡就叫燕崖乡，因出产燕子石、上水石之类的稀奇古怪的些石头而闻名。我们那里有一句顺口溜也牵扯着它，叫"要看风景燕子崖，要看媳妇钓鱼台"。而凡是风景不错的地方一般都偏僻，呈现着一种未被开发和破坏的自然形态。那个乡政府所在地的燕崖其实离羊头峪不远，五六里地的样子，但燕崖本身的地形地貌也怪复杂，四周也是悬崖峭壁的，一年四季永远都有燕子在那上头盘旋。电视信号也是传不到那个羊头状的山峪里。

梁广文工作积极，人缘不错，曾是连续几年的先进工作者。整个八十年代，他那个纯山区的燕崖乡的小喇叭入户率都达百分之九十几。而后他又领着人自己动手制作水泥杆儿，将线路上的那些木头杆子全换成了水泥的。当然了，那时还兴大锅饭，做水泥杆子的经费大都是上级拨下去了的，但那样的地形地貌，具体施起工来也是怪复杂不是？他于一次施工中就将一只脚的踝骨给崴折了。好了之后走起路来还一瘸一拐的。

那几年，有一个说法在整个广播系统喊得非常响，叫"两个万岁"，一是无线万岁，二是有线也万岁。意思是说，无线的电视是有生命力的，有线的广播也是有生命力的。估计梁广文经常引用，我有一次去他那个乡采访，他乡里的人就管他叫"梁（两）万岁"。我在他那个站上吃饭的时候，他还举例说明有线广播万岁的问题，说是头几年小喇叭不通的时候，羊头峪的村民过年都过错了，那年本来是小年，他还在那里等着过年三十。有了小喇叭好了，你每次广播都要报今天阴历初几阳历是多少，年五更还报时什么的，那怎么会过错年？又说，乡镇一级的干部都喜欢讲话，每次来个放电影的，放映之前他都要拿着麦克风啰啰起来没完不是？有了咱这个小喇叭，他就甭等着来了放电影的才露脸了……言谈话语里让你感受到他对本职工作的一种无限热爱和对未来前途的十足信心。

可此后的几年不行了，梁广文受到了空前未有的冷遇。你道何故？盖因电视基本普及也。想想看，当电视普及，人们连半导体收音机都懒得听了，谁还听你那个小喇叭？再一个原因就是乡一级广播站由条条管理改为块块管理，让乡里面管了。看官可曾知道，乡里面的各种站点如水利站、种子站、林业站、畜牧兽医站、文化站、计划生育站什么的特别多不是？那么这些站点上的人员工资从哪里出呢？就从本乡财政上出。而该乡还没多少乡镇企业，经济上特别落后，人员工资还往往落不了实，哪还有闲钱发展你那个有线广播？甭说发展了，就是机器坏了，也没钱维修。有一年，梁广文竟有半年没领到工资。好在他全家都在农村，有责任田种着，鸡鸭鹅狗的喂着，连同养猪什么的，日子还算勉强过得去。但与他这个放大站长的身份还是不相称，心里面不平衡。这时有人再喊他"梁万岁"的时候，他往往就会很不自在。

说话间，几年过去，所谓峰回路转，柳暗花明，广播电视系统向其他带电字的行业如电力、邮电之类靠拢或学习，又实行起了条条管理，他那个乡一级的放大站就又收回到了县广播局。此时我已离开县广播站到省城工作了，但我完全能想象出梁广文每次到县上开会的情景，仍然像走亲戚似的带着诸多的土特产，发起言来就深有感触，还是这个条条管理好哇，一放到乡里，就跟没娘的孩子似的，简直让他治毁了堆呀！

接着又搞起了"村村通"，上有线电视。梁广文的精神头儿就又来了，说是这才真叫两个万岁哩！

二

话说十三户人家的羊头峪，由于地形地貌的缘故，一直捞不着看电视，村民们自是着急得了不得。所谓饱暖思淫欲，温饱也思文明。若是村民们一直像前些年似的穷得叮当响，整天价为填饱肚子而劳作，起的是五更，睡的是半夜，到晚来未上床，先去摸一摸米瓮，看到底没颗米，明日又无钱，他自然不管你电视不电视；另外他祖祖辈辈生活在这山高皇帝远的地方，若是从没越过山里半步，山外的世界一概不知，他也会一如既往地感觉良好，没有另外的闲情与野心。问题在于时下整个沂蒙山已基本脱贫，这羊头峪又太小，交通也不便，除了收提留，很少有乡以上的干部去过那里，他们的印象里面也一直是该村没多少油水；村委会连个办公室也没有，偶尔去一次，村委主任就在自己家里招待，现杀鸡，现做菜，让人心里怪不落忍的。乡里面的一些摊派诸如各种集资提留之类，多多少少地就免他们一点，农民负担相对地就少一些。农民负担轻了，温饱的问题那还不好解决呀！另外，此地虽穷，但改革开放之初，即已实行退耕还林，种草种树，搞小流域治理，几年过去，干鲜水果什么的也都见了效，零花钱的问题也基本解决了。那年搞户户通电的工程，实行上边支援一点，县上拿一点，自己拿一点，哎，属于他们自己拿的那一部分还都拿出来了。有了电，这个电视的问题就突出出来了。当年就有几家买了电视，但信号的问题解决不了，荧光屏上永远是"北风那个吹，雪花那个飘"，那些想买的一看也就没劲了。没劲是没劲，庄上的人可都盼着哩！加之这些年一些年轻人外出上学了、打工了的，见了点世面，比方村委主任叶盛田的女儿叶中慧在外边打了几年工，回来一宣扬县上的电视多么清楚，又是能看三十八个频道什么的，庄上的人们就更是蠢蠢欲动、跃跃欲试了，琢磨着弄台三十八个频道的电视看看。加之此时已进腊月，农村里面，凡是科学的事儿、文明的事儿，一进腊月就格外好办。你道何故？盖因都想过个好年，图个喜兴，图个热闹也。正好上级也有这么个村村通的精神，上下想到一起去了，因此上，待梁广文至该村联系此事儿的时候，乃一拍即合，进行得很顺利。

十三户人家的个羊头峪乃是峪外杨家庄的一个自然村。有村委无支部，村委主任叫叶盛田。我前面说了，该村连个办公室也没有，来人就在村委主任家里侍候。梁广文来联系此事儿的时候，叶盛田照样现杀鸡、现做菜。喝起酒来，梁广文说，嗯，今回（方言：这次）不孬，你庄的孩子还比较热情，上回搞户户通电的时候，我领着电力部门的同志来找你，你庄上半大不小的毛孩子见了就问，你们来收提留呀？打听你住在哪里，他给你乱指画，一会儿说这崮堆儿，一会儿说那疙瘩，点化（方言：戏弄）得我们多跑了好几里地。

叶盛田说，那是让收提留的收怕了，自打你给我们上了电，庄上的人感谢还来不及呢，哪能再点化你！

叶盛田的老婆王春丽则说，你个老梁还怪能哩，又拉电灯又上电视的，凡是带电的事情你都会鼓捣吧？

梁广文说，嘻，我哪里都会鼓捣，我还参加过计划生育小分队哩，围绕着中心开展工作就是了，乡一级干部都得围绕着中心开展工作，这点定了。

王春丽说，今回上有线电视也是中心工作？

梁广文说，差不离儿吧，既是中心工作，也是我的本职业务，你老叶可得给我面子。

叶盛田说，为老百姓办实事儿还能不给面子？关键是你们收费也太高了。

梁广文说，三个一点只要你们一点还嫌高呀，你知道那个有线电视的信号线多少钱一米？

叶盛田说，我这里是没问题呀，牵扯到每家每户的事儿就不好说了，你让他一下子拿这么多钱，还真够他呛！

梁广文说，所以要你做动员呀！有一句话怎么说来着？叫难不难，就看谁来做动员对不对？

叶盛田说，拉了线，十三户人家都能沾光，要是有那么三户五户的就是不干，主线上的钱摊到那些上电视的头上，那就更受不了！

梁广文说，那是，有个电影叫《一个也不能少》，这回上电视也得一户也不能落，话又说回来，你们这个熊山庄住得也太分散了！上回上高压电的时候，就动员你们搬迁，住得集中一点，这么不行，那么不行，怎么样？现在看出来了吧？这回上有线电视还是这个问题，将信号线拉到一家一户的屋里，还得多花钱。

叶盛田说，祖祖辈辈就这么住着，房前屋后的树长着，菜种着，又是鸡鸭鹅狗的那一套，住惯了，他是不愿意挪地方不假，穷家难舍嘛对不对？看来这个动员的任务还怪重哩，那你得跟我一起去动员。

梁广文说，就不兴开个社员大会？

叶盛田说，住得这么分散，去通知的工夫也把工作做了。

梁广文说，嗐，上个熊电视还得挨家挨户做动员，看来为老百姓办好事儿、办实事儿也不容易啊。

叶盛田说，那当然了。

梁广文扭头看了看墙上镜框里面的些各式各样的同一个女孩子的照片，问道，这是你女儿吧？

王春丽说，是呀，在县城打工，这两天也该回来的。

梁广文说，长得还怪出挑哩，也怪面熟，好像在哪里见过似的。

叶盛田说，也可能，县城又不大，在街上遇见过也是可能的。

两人一盅一杯，一递一句地喝着说着，脸即开始泛红，梁广文说，哎，出个谜语给你猜，叫一片青草地，打一花名。

叶盛田说，不是荤话吧？

梁广文说，嘻，荤话干吗，文雅的。

叶盛田说，不是女人底下那地方？

梁广文说，想到哪里去了，不是荤话不是荤话嘛你还往那里猜！

叶盛田动一番脑子，摇摇头，那是什么呢？还真寻思不出来。

梁广文说，是梅花！没花嘛，对不对？

叶盛田说，嘿，还真有点意思，也怪文雅，寻思你这样的人说不出这么文雅的话来着！

梁广文说，再接着猜，来了一群羊，打一水果名。

叶盛田寻思一会儿，又摇摇头，来了一群羊？那是什么水果？

梁广文说，草莓呗，青草都让羊吃了，草不就没了吗？

叶盛田说，噢，是这么个草莓，看不出你这样的人儿还能出这么文雅的谜语！

王春丽也在旁边嘿嘿，狗嘴里吐了一回象牙！

梁广文说，你以为呢！再接着猜，又是一片青草地！

叶盛田说，嗯，这回是女人底下的东西了。

梁广文说，我寻思你就往那地方猜，也不怪你，现在的风气就这样，不说荤话不喝酒。野梅花嘛，也是没花不是？

叶盛田说，这么说我也会出，又来了一群羊那就是野草莓了吧？

梁广文说，对了，还算你聪明。

两人说着喝着，天就不早了。叶盛田要留梁广文住下，梁广文说换了地方睡不着，执意要走，遂约定第二天再来，下刀子也来，抓紧一起做动员。

叶盛田将梁广文送出来，看着他一瘸一拐地消失在黑影里，还听见他在远处唱呢，杨子荣有条件把这副担子挑，他出身雇农本质好，从小在生死线上受煎熬……

三

第二天有雪。

王春丽起了床，披着棉袄开门一看，地上的雪有一寸厚了，天上还在不紧不慢地下着，她朝床上喊了一声，下雪了，这鸡还杀不杀？

黑影里，床上的叶盛田打着哈欠应了一声，杀，还能不杀！

王春丽说，这雪不小，那个老梁未必能来！

叶盛田这时已起了床，他出得门来朝天上看了看，说是这么点雪还能不来，他不是说下刀子也来吗？

王春丽不置可否地笑了一下。

叶盛田说，你别看他平时说话不着调，办起真格的来，还是一五一十地！

王春丽说，小慧说是这两天也要回来的，别隔到路上了。

叶盛田说，只要通车就没事儿，从燕崖那里下车，五六里地一会儿就到了，我还就喜欢在雪地里走个路什么的，也不冷。

叶盛田说着即将鸡窝的门儿拉开了半截，他放过几个性急的老母鸡，待一只大红公鸡一露头儿，顺手即抓住了。而后拿刀在它脖子上一抹，刀法怪专业的，一看就是经常杀鸡的主儿。那鸡在洁白的雪地上扑棱几下，留下几滴鲜红，随即一动不动了。

几个扫雪的人打门口路过，一个叫杨老万的说，村长下手还怪早哩，离过年还有半拉月就开始杀鸡了。

另一个叫杨小三的说，这个天儿还就适合杀个鸡啦宰头猪啦的，一杀鸡就有点过年的气氛。

叶盛田说，屁，什么过年的气氛，广播站的老梁要来，给咱上有线电视！

杨老万说，来了公家人儿都是你个人招待，这一年下来得杀多少鸡呀！大伙得商量一下，给你弄点补贴什么的，如今也不是前两年了，家家穷得揭不开锅，还能老让你一个人做奉、奉献啊！

叶盛田说，公家人儿还能吃多少，不就添双筷子，就怕他来得少呢！来得越多，说明咱工作做得越好。

杨小三说，今年过年要真能看上电视就好了，外边儿雪花飘着，屋里火炉生着，再看着个电视，这过年的质量就上去了。

杨老万说，别再净是北风那个吹，雪花那个飘！

叶盛田说，有线电视还能雪花那个飘！电视信号是随着线路走的，飘不了，要不叫有线电视呢！县城里早看上了，能看三十八个台，想看什么就看什么！

杨小三说，村里就这么决定了？真上有线电视？

叶盛田说，这不正要挨家挨户做动员嘛，你们回家商量商量，要上就抓紧上，争取过年都看上。

杨老万说，那得好多钱吧？

叶盛田说，还没核算呢，电视你得自己买，线路上也得摊一点，跟那年上高压电一样，也是三个一点，咱自己不拿一点，上边儿就不会支援咱一点。

他二位嘟囔着这是好事儿，是该抓紧动手什么的，即离去了。

那边厢，梁广文正一瘸一拐地走在雪地上。

从乡政府所在地燕崖去羊头峪的路线是这样，出得燕崖，沿沂河干涸的河床，一直往南再往东，拐弯处即是杨家庄了；出杨家庄往东南方向便是一条大山峪，羊头峪便散落在这峪两边的山坡上。此时，漫天皆白，雪落沂河静无声，梁广文走在白雪覆盖的河床上，豪情满怀，翻来覆去地唱着那两句戏词，这任务重千斤，派谁最好噢噢噢噢……正噢噢着，一不小心，白雪覆盖的鹅卵石一轱辘，将他给摔倒了。他嘻嘻地爬起来，拍打拍打身上的雪，又唱，杨子荣有条件把这副担子挑，他出身雇农本质好，从小在生死线上受煎熬……

前边不远处有一个拖着什么东西的身影在晃动，梁广文一个人走路躁得慌，遂紧赶了一段，待走近一看，是个女的！淡黄的面包服，火红的围巾，在这雪花飞舞漫天皆白的世界里，煞是好看。噢，她拖着的还是那种带轮子的箱子哩！那种箱子在柏油马路上拖着走行，在这布满沙石鹅卵石的河滩上拖着就麻烦，怪不得她走得这么慢呢！梁广文又紧赶了几步，喊了一声，哎——

那女的一回头，脸红红的，发际间冒着热气儿，你好。

还是个姑娘，好漂亮，说着普通话，也似曾相识，梁广文遂问了一句，姑娘这是上哪？

那女孩儿答道，去羊头峪，回家！

梁广文说，巧了，咱俩同路，我也去羊头峪，你是大学生吧？放假了？

女孩儿说，我哪是什么大学生，是打工的。

梁广文说，跟大学生似的，姑娘贵姓啊？

女孩儿说，姓叶。

梁广文说，是叶村长的女儿小慧吧？大名叫叶中慧？

女孩儿惊奇地，你怎么知道？

梁广文说，大水冲了龙王庙，一家人不识一家人，我就是到你家去的！这种箱子在这地方怎么能拖？再结实的东西也拖坏了，咱俩抬着吧！

两人抬着箱子一颠一颠地走着，待出了河滩，上了一条可以开拖拉机的路，梁广文替她拖着箱子，又作一番自我介绍，自己姓梁，是乡广播站的，去羊头峪是搞村村通的工程，上有线电视什么的，小慧即兴奋地说是，真给我们上有线电视？那可是太好了，县城那地方早就看上三年了，能看三十八个台。

梁广文问她，你在县城工作？

小慧说，嗯，在县城打工。

梁广文说，噢，听你妈说过，看你的气质，好像在省城工作似的，普通话说得也怪好听。

小慧笑笑，在省城工作气质就好了？如今经济发展了，科技进步了，各种信息传达得也快了，省城有的，县城里面也都有了，咱沂蒙山出去的个作家不是说吗？济南是个大县城，这说明省城大点就是了，别的方面咱也差不了哪里去。

梁广文说，嗯，有道理呀，你说话还怪有水平哩，你在哪个单位工作？

小慧支吾了一下，说是在一家公司里面工作。

梁广文说，那起码也得是个秘书一级的干部。

小慧说，哪里是什么秘书一级的干部，那是家民营的公司。哎，俺庄的有线电视春节之前能上去吧？

梁广文说，我是尽量争取啊，要不，大雪纷飞的个天儿，我费这个洋劲？就怕群众工作不好做。

小慧说，上有线电视是好事儿，还能不好做？

梁广文说，不是要拿点钱嘛。电视机要买，线路上也要摊点钱。

小慧说，这是应该的，到时我帮你做工作，挨家挨户地做，送上门儿的好事儿，他能不干？谁不想过个好年？

梁广文说，那可是太好了，你这个说话的小水平，还真适合做动员，哎，咱俩好像在哪里见过呀，怪面熟的。

小慧说，是吗？可能的，是在我家见过我的照片吧？

梁广文寻思一会儿，说是一时想不起在哪里见过，但肯定不是见的照片。

两人说着笑着，不大一会儿羊头峪就到了。王春丽从山坡上看见，老远地跑下来迎接他们，见他二位有说有笑，遂问他们：你俩早就认识？

梁广文说，好像早就认识了样的，我肯定在哪里见过。

小慧则说，多亏遇上了梁大叔，要不，这一路可真够受的！

王春丽即露出自家人的神情，大大咧咧地说是，现成的大劳力不用白不用，酒还能白喝了？

梁广文笑笑，你这个同志！

到得家来，叶盛田说，你个老梁真行，这么大的雪，说来还真来了。

梁广文说，我不是说过下刀子也来吗？不到半拉月就过年了，要上就抓紧上！

叶盛田说，那好，喝口水，抽袋烟，说动员就动员，咱顶风冒雪地挨家挨户做动员，说不定他一受感动，答应得会格外痛快。

小慧自告奋勇，说是你别去了爹，我陪梁大叔去做动员！

梁广文也说，让小慧替你吧，咱俩的嘴都笨得跟棉裤腰似的，赶不上小慧伶俐，她又见过有线电视是怎么回事儿，现身说法，更有说服力！

叶盛田说，也行。

两人喝口水就去了。

还真如叶盛田所说，大部分人家看见他二位顶风冒雪地到门儿上做动员，都答应得很痛快，说是快过年了，你个老梁腿脚不好，还一瘸一拐地亲自来动员，又是三个一点什么的，那还不弄上台电视好好过个年？就怕信号不行，别再净是雪花那个飘！

小慧说，有线电视还能雪花那个飘？你想让它飘也飘不起来。

一位老大娘说，小慧也调到广播站了？当播音员哪？

小慧说，咱哪有那个命，我是替俺爹来做动员。

那老大娘还挺爱说话，说是这闺女真是越长越漂亮，几天不见就换个样儿。看着跟播音员似的！

梁广文说，嗯，还真是，小慧要当了播音员，还真比县台的那个"播音晚了"强，那个"播音晚了"长了个大额头，舌头也不小，播音完了嘛她每回都要说成播音晚了，怎么长的来！

小慧就笑了，你们也太会挖苦人了！

不怎么痛快的人家是经济实力不行。不行的原因也多种多样，有的是孤儿寡母，原本就家庭困难；有的则是因为超生，让上边儿罚了个倾家荡产。但也都答应想想办法。

一天下来，照例在叶盛田家喝起酒来的时候，梁广文就挺高兴，说是这个村村通还怪顺民心得民意哩！你们全家也都挺上心，将集体的事儿当成自家的事儿，特别是小慧，刚回来，也没顾上歇歇脚儿，就跟我挨家挨户做动员。

叶盛田说，农村事儿就这样啊，特别羊头峪这么个小山庄，要搁过去，也就顶一个大户人家，那还不是自己家的事儿？

梁广文说，你觉得这就没啥问题了吧？

叶盛田说，杨大千家答应了吗？

小慧说，他说要想想办法的。

叶盛田说，他说是那么说，真要往外拿钱他还是拿不出来，头年他才超生了三胎，他向哪拿钱去？偷啊？现偷也来不及。

梁广文说，他家里是没么儿不假，没么儿还说大话。

叶盛田说，他看着你顶风冒雪地去了，怪感动的，不好驳你的面子。他也就那么一说。

梁广文就挺感慨，说是咱沂蒙山有个好处，什么都可以有死角，唯有计划生育没死角，你就是超生游击队他也能找出你来！

喝着喝着梁广文又高兴了，说是，哎，小慧，出个谜语你猜！昨晚上我出了个谜语，把你爹你妈憋得够呛。

小慧说，出吧。

梁广文说，叫一片青草地，打一花名。

小慧笑笑，连想也没想就说，不是梅花呀？接下来是来了一群羊对吧？又是一片青草地什么的？

梁广文愣了一下，噢，你知道呀？

小慧说，老掉牙的谜语了，谁不知道呀！我也给你出一个，叫……算了。

梁广文说，算了干吗，说嘛。

小慧说，以后再说，那个谜语谜底怪干净，可谜面挺恶心！

梁广文说，不是说抽烟的那个？解开裤腰带什么的？

小慧说，就是那个，怎么寻思的来，倒是怪形象。

梁广文说，你是从哪里听说的？

小慧说，还不是你们县台的些编辑说的，满县城就数县台的些私孩子能瞎编，喝起酒来没别的话，就啰啰儿这个。

梁广文笑笑，那些人是怪能编不假，要不叫编辑呢，集瞎编乱造之大成。

叶盛田意识到什么，说是再好的孩子在那些地方待久了，也得学坏了。

四

不出叶盛田之所料，真要往外拿钱的时候，还真就有三家没拿出来。不是他们不想拿，而是确实拿不出来。他们连电视机都买不起，哪里还拿得出线路上的钱！梁广文急得什么似的，搓着手一个劲地转悠，这待咋办、这待咋办！

叶盛田问他，少一分也不行是不是？

梁广文说，这可不是少一分二分的事儿，一共就十三户人家，再有三家不拿钱，摊到别人头上，受得了吗？

小慧说，还缺多少？

梁广文说，怎么也得缺万把块钱吧！关键是你们住得也太分散了，得多扯多少线哪！

小慧有点撒娇似的，就不能照顾一点儿呀？

梁广文说，这还算上县里补的、上边儿给的呢！要不你们干脆就上不起。

小慧说，你也不会白干吧？你们不会少赚点呀！

梁广文说，你还怪懂哩，不过我还真就是白干，村村通是温暖工程，谁也不敢乱搭车、乱收费，充其量给我点补贴就是了。

小慧就说，实在不行，我先给他们垫上吧！

梁、叶二人都吃了一惊，一起问她，你哪来这么多钱？

小慧无所谓似的，攒的呗，平时家里又不问我要钱！

梁广文看看叶盛田，到时候他们认账吗？

叶盛田说，认了也未必还得起，就这么办吧，也算孩子的一点心意，别拖了全村的后腿！

梁广文挺感动，说是那可太谢谢你了，看不出咱小慧还有这么多的私房钱，觉悟也不低！

小慧故作轻松地，这有什么！

有了钱，这边梁广文负责进料拉线，小慧就去联系进彩电。小慧不知怎么就从青岛的一个厂家直接争取了个出厂价，人家将货给送到家，还送给了她一台能唱卡拉 OK 的影碟机。

梁广文问她是怎么弄的，她轻描淡写地说，如今彩电大战不是？这玩意儿还不好买呀，一下买这么多，他巴不得呢！另外凡是第一的和最后的都是有意义的，第一个电视村，他要重视；最后一个上电视的村，他也会重视，这两件事都比较容易宣传对吧？你等着瞧吧，咱村要上了电视，省台县台的绝对要报道，一出画面，他那个牌子的电视机就出来了，那还不是给他做宣传？他能不给咱优惠一点点？

梁广文就服得要命，没想到小慧水平还不低哩，信息也怪灵通！

小慧仍不以为然地，人人都知道的事儿，我能不知道！稍微留点神就是了，你不是也说这个村村通是温暖工程什么的？

扯线就是全村一起动手了。好在也甭单独竖线杆，从山脚下的杨家庄将线引出来，沿着高压线杆走就可以，很快的。

挨家挨户地安装调试的时候，小慧就给他做帮手。从主线上分出支线来再引到各家各户，须在房墙上打洞、安线盒。梁广文腿脚不好，还要在梯子上爬上爬下，小慧挺感动，旁边有小青年看热闹，小慧往往就喊一声，没看见梁大叔腿脚不好啊？不会帮帮忙？年轻轻的眼里没活。

看热闹的小青年乖乖地就上去了。再安的时候，这家安着线盒，下一家往往自己就把洞打好了，有条不紊的。这都是小慧指挥的结果。你这里调试着电视，下一家就过来叫小慧，你说俺家在哪里打洞好？小慧看看线的走势，说是打到山墙上吧。

具体调试起来，小慧也轻车熟路的样子。梁广文发现她鼓捣这玩意儿挺专业，就问她，你以前摆弄过？

小慧说，这有啥难的，没吃过猪肉还没见过猪走呀！

梁广文就说，你真是个心灵手巧的好姑娘。

临近年关，又下起了大雪。梁广文和小慧于漫天飞雪及零星的鞭炮声中走家串户地调试电视，孩子们前呼后拥、咋天呼地的，就给这宁静的小山村带来了许多欢乐，平添出些许节日的气氛。

因为下雪，也因为赶活，有那么几天梁广文就住到叶盛田家里了。叶盛田家的电视当然是最先安好的。喝着酒，看着电视，叶盛田两口子就高兴得什么似的。叶盛田说，哎，还真没雪花那个飘哩，雪都飘到外边去了！今年雪不小，明年又是个丰收年定了。

王春丽说，这个什么器还不会摆弄哩，小慧你多摁几下，看看能看三十八个台吧！

小慧就手把手地教给她，告诉她这玩意儿叫遥控器，摁哪个钮是中央台，摁哪个钮是山东台什么的。

70

王春丽即过瘾似的摁起来没完。挨个摁完了，说是人有多能啊你看看，跟看小电影似的，有这玩意儿看着，再隔三岔五的饺子吃着，这小日子跟城里也差不多少了！

看一会儿电视，小慧又熟练地将那个影碟机连上，当屏幕上出来一些穿泳装的女郎的时候，小慧说，梁大叔 OK 一个！

梁广文说，我这个破锣嗓子哪会 OK 这玩意儿！还是你唱吧！

小慧就唱些爱来爱去的歌曲。把她爹妈给震得一愣愣的，王春丽说，这声音真是你唱的？

小慧说，那还有假？

王春丽说，怎么跟电视上唱得差不多呢？

小慧说，咱哪赶得上人家，这是自娱自乐的东西，自己唱唱玩玩就是了。

梁广文听着她唱《迟来的爱》，突然觉得这声音好熟啊！正待寻思在哪里听过，小慧又说，梁大叔唱一个！

梁广文酒有点上脸，遂脸红红地站起来接过话筒说，我就会唱两句样板戏。清唱，这任务重千斤，派谁最好噢噢噢噢，杨子荣有条件把这副担子挑，他出身雇农本质好，从小在生死线上受煎熬——往下不会了。

小慧就愣了一下，似寻思起什么。

王春丽则说，这玩意儿真是好东西，赶明儿咱也学学，哎，老梁你过年别走了，年三十咱们咧（方言：无节制地造、弄）它一晚上！

梁广文说，哪能呢！忙活一年，也就年三十在家里跟老婆孩子热乎一下，才算是过个好年。

王春丽说，你不会把老婆孩子一块接过来呀？

梁广文说，有一句老话你忘了？叫年三十吃饭，没外人儿？

叶盛田说，操，你个老梁还讲究这个！

梁广文在叶盛田家里住着，就发现了一个奇怪的现象，这个小慧特别讲卫生，天天晚上要烧一大锅水洗澡。天那么冷，小山庄的条件又不好，你再讲卫生，还用得着天天晚上洗澡了？哎，她就洗，有病似的，不洗不行。梁广文躺在西厢房的床上，听见对门儿屋里窸窸窣窣的洗澡声，就寻思起小慧的特点来了：一是信息比较广，雅俗谜语她都会；二是对影碟之类的音响设备比较熟，歌曲唱得也怪好听；三是特别讲卫生，天天晚上把澡洗；四是出手挺大方，财大气粗的样子。而同时具备这四条的女孩子是干吗的？那还不是明摆着？蓦地想起《迟来的爱》，原来是在那地方认识的！又想到这姑娘还有点小觉悟，一下拿出了一万多，越思越想越奇怪，如今的孩子咱不明白……今晚喝得有点多，思维却有点小活跃，看着像个大学生，想不到是干那个的！唉，这孩子毁了，还叶中慧呢，干脆叫夜总会得了，困了，睡！

可第二天梁广文还是有点放心不下，瞅着旁边没人的时候，遂问她，哎，你在的那家公司是做什么的？

小慧满不在乎地，你就装吧你！

梁广文说，我装啥？我还真不知道哩！

小慧说，你一唱那两句样板戏，我就记起你是谁了！

梁广文仍然在那里装糊涂，你见过我唱？

小慧说，你是真忘了，还是照顾我的面子故意不说破？

梁广文这才恍然大悟地，这么说，你是在那个叫红苹果的酒家做了？那年县城上有线电视，我去帮了一段忙，完活的时候，台长在那里请客，我是去过一次不假，编播部的些小子也去了，完了还到包间唱了一会儿歌，噢，怪不得一见面就觉得面熟呢，你那晚上也在呀？我那是唯一一次去那地方，把我吓得！

小慧脸红了一下，你别乱寻思呀！

梁广文故作经多见广地，没什么呀，如今就兴这个对吧？

小慧说，我可跟你想象的不一样！

梁广文说，我相信你，咱沂蒙山的孩子大概也疯不到哪里去！

小慧说，也别把我想得太好！

梁广文说，在外边挣了钱，回来为家乡做贡献，那还不好？

小慧即介绍了一番自己高考落榜之后在外边打工的经历，先是在省城一个亲戚家办的公司干出纳，后来公司破产了，又在一家酒店里面干服务员；回到县城才干歌舞厅。县城的歌舞厅跟大城市里面的夜总会不是一个概念，我那里的小姐没有一个出台的，多少次扫黄也从没出过事儿，这说明那个歌舞厅还是比较正经是吧？

梁广文问她，在那种地方待久了，太正经也不行是不是？

小慧说，在那样的气氛里面，当然要逢场作戏，自己也会有点半心半意的需要，这就看个人了，如果你心里有数，怎么也能守得住自己，若是想放纵，在什么地方也能学坏了！

72

梁广文说，你这么说，也有道理。

小慧就说，反正我又没干坏事儿，那就没必要心虚！你要不信，问问你们县台的那个黄编辑就知道，问他脸上的那道指痕是怎么回事儿！不过我还是该好好谢谢你梁大叔，你揣着明白装糊涂是照顾我的面子是吧？来，让我吻一下。说着即在老梁的脸上吻了一口。

梁广文有点尴尬地，这是职业习惯吧？

小慧笑笑，随你怎么想！我要是职业习惯就该管你叫哥，而不会叫你梁大叔。

梁广文即越发地不明白了，现在的女孩子都怎么了？拿亲吻跟喝凉水似的？感觉倒是还不错……

<h1 style="text-align:center">五</h1>

还真让小慧说准了，当羊头峪的有线电视上去之后，省电视台还真来人采访了。省台来了人，县台的人当然要陪着，省县两级电视台的记者都来了，乡广播站长梁广文自然也跑不了。梁广文年二十八刚把羊头峪的电视安装调试好，寻思回家过个好年来着，不想除夕的上午又接到了县广播局的通知，要他去羊头峪接待省台记者。梁广文遂又去了羊头峪。

叶盛田和小慧正在门口贴对联，见梁广文一瘸一拐地又来了，就说，还真来我家过年呀？

梁广文说，算你说对了，不但我来，省电视台的记者也要来你家过年，好好宣传它一家伙！

叶盛田说，那好哇，这个春节热闹了！

梁广文说，你个小慧预言还怪准哩，还第一的和最后的都是有意义的！

小慧说，明摆着的事儿，还能不准？

叶盛田说，记者来采访，是不是要格外准备一下？

梁广文说，谁家过年不都准备得好好的？咱庄户人家过年的准备就是待客最好的准备，到时加双筷子就是了，一只羊是赶，一群羊也是赶。

傍晚的时候，一辆吉普车在孩子们的追逐及咋天呼地的喊声中开进了羊头峪。梁广文、叶盛田，叶中慧一干人等迎出来，就见从车里钻出来两个人。一番互相介绍，人们知道省台来的记者姓胡，县台的那位编辑就姓黄。黄编辑一眼看见小慧不由得惊叫了一声，哎，这不是向慧吗？你怎么在这里？

小慧满不在乎地说是，这就是我家，我为什么不能在这里？

黄编辑觍着个脸说是，我还真以为你家是泰安的哩！没想到咱这穷山沟里还飞出了金凤凰！

胡记者问黄编辑，你们原来就认识啊？

小慧说，黄编辑是大名人了，还能不认识？世界又不大，县城就更小。

梁广文见他脸上有一道不太明显的指痕就知道他是谁了。随后又悄悄地问小慧，他怎么管你叫向慧？

小慧说，在那地方干活的哪有用真名的？都是化名，假名！

梁广文说，倒是不难听。

那司机将他们送到羊头峪，说好第二天来接就回去了。记者来羊头峪过年，大概是小山庄历史上的第一次。庄上的老少爷们儿将他们视为共同的客人，怕慢待了他们，天还没擦黑，就都提着小板凳，扶老携幼地捅到了叶盛田家里，跟在场院里看露天电影似的，多亏叶盛田家的房子不小。那些暂时还没买上电视的人家就甬说，连家里已经有了电视的也赶过来凑热闹，顺便捎带了些好吃的。趁中央电视台的春节晚会还没开始，胡记者扛着摄像机，黄编辑拿着话筒采访起了王春丽，这有线电视清楚吧大婶？

王春丽有点不知所措，你想干、干吗？

小慧说，这是采访你呢妈，没危险！

王春丽说，采、采访？采访不要钱吧？

黄编辑说，要钱干吗，这是正常报道，不要钱！

王春丽说，上回来的那个小子不是你呀？也是拿着话筒采访了俺老叶一下子，结果走的时候要了俺两千多。

黄编辑脸上红了一下说是，那是你们庄上的苹果参加县里的评选，是参评费！

王春丽说，不要钱行，你刚才问我什么？这电视清楚不清楚，这不明摆着嘛！我看是挺清楚，跟小电影似的，大伙儿说是吧？

人们就七嘴八舌地插言，嗯，这不假！

王春丽接着说，以前一打开电视就是北风那个吹雪花那个飘，今年也不飘了，多亏了老梁呀！

梁广文笑笑，说这个干啥！

王春丽说，老梁说的那个如今什么都能卖了也怪有意思，怎么编的来！

叶盛田就吼了一嗓子，熊娘们儿家别胡啰啰儿！

王春丽说，大过年的，这么厉害干吗呀！

众人哈地就笑了。

杨小三又插言，多亏了"梁万岁"不假，大冷的个天儿，冰天雪地的，腿脚又不好，说来就来了；还有你家小慧，为了上这个有线电视，一下拿出了一万多，这是什么精神？

杨老万说，是大公无私的精神呗，高尚的精神呗，是脱离了低级趣味的精、精神呗！

杨小三说，我怎么听着有点别扭呀，他这话不大顺口是吧黄编辑？好像应该是高尚的人，脱离了低级趣味的人！

黄编辑笑笑，嗯，原话是这么说的不假，你刚才说她一下拿出了一万多？具体是怎么回事儿？

梁广文说，这庄不是小嘛，住得分散嘛，还不富裕嘛，有三家拿不起钱，她就给垫上了。

黄编辑说，想不到向慧还有这么高的觉悟哩！你让我肃然起这个敬！

小慧脸红红地，拉倒吧，还肃然起这个敬呢！那是我先垫上的，什么时候庄上有了钱，得还我！

黄编辑就说，垫上的也值得敬重啊！

先前误认为小慧调到广播站的那位老大娘也来了，她说，小慧也调到广播站了？

小慧说，不是告诉过你嘛老奶奶，没有，我没到广播站，咱哪有那个命！

那老大娘还是个糊涂虫，又絮叨起这孩子越长越漂亮，看着跟播音员似的，怎么长的来！

小慧说，现在叫主持人！

那老大娘耳朵还有点背，什么人？

小慧就又强调了一遍，是主持人，等会儿春节晚会开始的时候，就有些主持人在上头舞舞扎扎。

黄编辑拿着话筒接着问那老大娘，你家也安上电视了吧大娘？

那老大娘说，还没有，这玩意儿隔三岔五地看上一回就行了，还能天天看哪，跟早年看样板戏样的，那还不看烦了？

杨小三告诉她，看电视跟看电影不是一回事儿，电影是逮着一个片子放来放去放起来没完，电视是一天一个样儿！

那老大娘就嘟囔，那得多少片子！

众人哈地又乐了。

春节晚会也开始了。

王春丽领着几个大姑娘小媳妇的一边看着电视，一边包饺子；男爷们儿即一边看电视，一边让胡记者和黄编辑抽烟、喝茶。他二位就发现，那些越是看上去不怎么样的节目，老头儿老太太的就越叫好。

小慧则给那位老大娘介绍，看见了吧，那些拿着话筒说话的就是主持人。

那老大娘说，嗯，都跟你样的，怪漂亮，怎么长的来！

小慧说，咱哪有人家漂亮！接着又解释，晚会是分板块儿的，一个板块儿换一帮主持人！

那老大娘就说，好家伙，还分板、板块儿，怪不得这么多主持人呢！不分板块儿她们就没活干了吧？

众人哈地又乐了。

看上去人们对那个穿马甲和脱马甲的小品还是比较喜欢，你从他们的笑声及马上就学说有人花钱吃喝，有人花钱赌博什么的就能看得出来。待晚会上的春节钟声响了的时候，孩子们在院子里也放起了鞭炮，屋里的人们则纷纷端起酒杯向胡记者、黄编辑和梁广文拜年，这个跟他们碰杯，那个给他们敬酒，三敬两敬就敬得他们眼泪汪汪的了，胡记者感慨地说，这是我第一次在沂蒙山过春节，也是最值得回忆的一个春节了，我这里也给乡亲们拜年了，为咱们的日子一天比一天好，为父老乡亲们越活越年轻，干杯！

大伙嗷的一声就一齐干了。

小慧也单独给他们敬了酒，她问胡记者，在俺这小山庄过年好吧？

胡记者说，好，热热的气氛，浓浓的乡情，哪里也不如这里过年好！

小慧跟黄编辑说，谢谢你来俺这小山庄采访，舍家撇业的，都不能跟家人过个团圆年，你也是不容易呀！

黄编辑就说，在这里过年，让我重新感受到了好多东西，也让我看清了真实的你，真的，你让我感动！

小慧笑笑，在这里别叫我向慧好吗，我叫叶中慧！

王春丽开始往这递饺子，二三十口人，一个传一个地传了半天。

人们吃着饺子，议论着大好形势，说着头年冬天是个多雪的冬天，来年定是个丰收年什么的。梁广文就喊了一嗓子，小慧呀，把你那个影碟机鼓捣上，咱们干脆 OK 它一通宵怎么样？

王春丽说，说的是嘛，那天我就说要咧它一晚上来着！

待小慧将那个影碟机鼓捣好，小慧就带头唱了起来。人们唱《沂蒙山区好地方》，唱《父老乡亲》，唱《春天的故事》，唱《走进新时代》……羊头峪不眠夜，将人们的心给唱热了。

年初一，当那司机来接两位记者的时候，梁广文顺便搭他们的车回家。临走他征求小慧的意见，说是乡广播站需要一个有线电视的管理人员，问她有兴趣吗？

小慧笑了笑，竟一口回绝了。

第五章　都不是什么好东西

一

1974 年的夏天，我是抱着经风雨见世面退一步进两步的那么个心态报名参加"五七"干校的。上级也是这么号召的，让那些刚提起来的，特别是没有经过基层锻炼，从家门儿到学校门儿，又从学校门儿到部队机关门儿的青年军官积极参加；还要从风口浪尖上培养和选拔接班人什么的。可到了那里一看竟全是些老家伙，再一了解，还大都是犯了错误的人。我就不能不寻思我们一起来的另外三男两女五个同志：一是六十年代初曾给家里买小毛驴后因单纯业务观点挨了批如今也还挂着的陈处长，二是吹牛扯淡犯过泄密错误的后勤助理大老黑，三是爱贪小便宜的技术员张景芳；两个女的，保密员小梁曾将跟她谈过恋爱的郑干事整得吃了安眠药又到医院灌了肠，另一个外号分光吃光的小迟，其老子则因觉悟与路线问题，正在受审查。那么，在别人的眼里我也是跟他们差不多的人吗？比方说前几年我们新闻干事在报纸上发了新闻稿，都是要署报道组的名字，可有那么几次，我自感那稿子不错还有点艺术性就署了我的真实姓名，党小组长就在生活会上说我思想长毛，名利作怪，或者还有别的问题。比如处理老金的时候我在旁边打横炮什么的。这么一想，心里即黯黯的。

我们的五七干校，说是干校，其实就是农场，叫作草甸子农场。一年三次招生，春播的时候招一次，夏季招一次，秋收的时候再招一次，总之是什么时候需要人干活了它就招。我们这一期算是当年的第二期，大老黑戏称为黄埔二期。

这个草甸子，可真是名副其实。无边无际的荒地，野草丛生，高的是芦苇，矮的是茅草，野火烧不尽春风吹又生的那么一种阵势；再就是一眼望不到头的稻田了。我们的任务就是稻田管理，拔稗子。

伙食很差。米饭发散，馒头发黏，而副食则是西葫芦炖粉条。几片薄薄的肥肉漂浮在上面，让人看着倒味口。

大老黑就说，你以为你是谁呀？

房子则是干打垒，又潮又热，老鼠横行，蚊子肆虐，大白天也敢叮人。我们到那儿的当天下午开碰头会的时候，大老黑将他那毛烘烘的腿肚子一紧，就挤住一个。他从腿上捏下那蚊子给大家看，你说个儿有多大。简直就是小蜻蜓哩！

我说，它个儿再大，在你那毛烘烘的熊腿上也如同进入大森林了，披荆斩棘好不容易咬一口，还让你给挤住了。

大伙哈地就笑了。

大老黑也嘿嘿着，怎么寻思的来，还披荆斩棘，倒是怪形象！

我说，毛烘烘的，猪鬃一样，你老婆要跟你一个被窝儿，那还不让你扎毁了堆儿呀！

大老黑说，哎，你还别说，有的女同志还就喜欢毛烘烘的个腿，你腿上倒没毛，可皮肤过敏，三天两头就起点红疙瘩什么的，女同志也喜欢不到哪里去。你说是吧小梁？

小梁脸上红一下，不知道！

大老黑说，有一句话怎么说来着？叫腿上没毛办事不牢是吧？

张景芳，是嘴上没毛办事不牢。

大老黑说，那还不是差不多！我就说腿上没毛办事不牢，你怎么着我？

张景芳，杠子头呢，怪不得把你整到五七干校来了。

大老黑说，你也没到三八干校去。

陈处长就说，别抬杠了，一起出来的同志，以后要注意团结，啊？刚才去场部开了个会，就是分了分班，我们六个人一个班，场部指定我当班长，大伙没意见吧？嗯，我们跟海直一个连，算一连，其余三个舰队各一个连，共是四个连，以后听见有人喊一连，那就是喊咱们，别弄错了。

张景芳说，哎，文工团还来了好几个女演员哩，好像在《红珊瑚》里演珊妹的那个也来了，当时那么年轻，现在也成半老徐娘了。

大老黑说，以后一起干活的时候，你那双贼眼有的看了。

小梁跟小迟互相看一眼，嘿嘿地笑了。

张景芳说，不着调呢！由此也可看出办这个干校的必要性。

大老黑就又说，你以为你是谁呀，凡是来这儿的，都不是什么好东西，别自我感觉良好。

大伙都愣了一下，散了。

二

我们在干校上的第一课，是怎样识别稗子。稗子这个东西，可真是跟稻苗差不多，只是比它们更肥更绿，根须也更多更壮。场部的李参谋拔起一簇稗子介绍它的特点的时候没完没了，有点像此后不久上演的那个"马尾巴的功能"。他站在田埂上，我们赤腿站在水田里，那么点熊事儿他啰啰了五分钟还没啰啰完，又是叶面如何，根部怎样，完了还关照女同志来了好事儿还是该请假的就请假，别不好意思，啊？嗯。我说，这小子说话有瘾，好不容易逮着一个说话的机会似的，光说不练的个家伙！

我旁边的大老黑突然就笑了一声，声音很大，极有爆发力，惹得全连的人都看他。他也不在乎，说是行了，不就是个稗子嘛，你介绍得再详细再科学它也不会自己薅了，扫帚不到，灰尘照例不会自己跑掉，还得拔！

李参谋尴尬了一下，说是好，好，那拔吧！

大老黑又悄声嘟哝了一句，你妈妈哩，还爸爸！

我就笑了，寻思大老黑看着傻大黑粗的个人，反应还怪快，李参谋说拔吧，听上去还真跟喊爸爸差不多；他那个扫帚不到灰尘照例不会自己跑掉也来得怪及时！

这个大老黑，是我们技术部管理处的个后勤助理。是沿着炊事班长、司务长、伙食管理员这么个路子熬上来的。因为一直做后勤工作，对技术性的工作就有点小崇拜。那些年有关导弹的事情特神秘，我们基地又是个导弹试验部队，保密教育就抓得特别紧。还在新兵连搞保密教育的时候，指导员给我们讲课，就举过他的例子，说某单位的个伙食管理员回家找对象的时候，鼓吹自己是搞导弹的，对象找着了，处分也挨上了。其挨处分的原因就是泄密，关键是他把导弹的型号也给说出来了。是他公社的个革委会副主任告的他，说他阶级斗争观念不强，将这么重要的军事机密到处乱说，三杯酒一下肚即吹牛扯淡，你知道酒席桌上都是些什么人？阶级敌人的脑门儿上又没写记号。念他当伙食管理员期间，参与研究成功了个马蹄型回风灶，节煤百分之五十六，连煤矸石也能烧，成了海军的节煤能手和学习毛主席著作积极分子，在军内外有较大影响，陆军及地方上的许多部门还经常来取经什么的，这才没转他的业。我到技术部之后便对上了号，知道这个大老黑就是那个泄密的人。待我提了干，到干部食堂就餐的时候，才知道该同志在伙食管理方面还是有些道道，比方说，我们干部食堂的粗细粮比例是2：8，他了解到当地老百姓大都觉得吃大米不如高粱米撑时候，他就将那百分之二十的粗粮跟地方有关部门换成了大米，我提干之后还真没吃一次粗粮。我先前因吃高粱米夹生饭而落下的胃溃疡也不再疼了，就不能不算是他的功劳。同时也觉得他那个泄密的问题处理得有点过了，一个导弹的熊型号算什么机密？阶级敌人就是知道导弹的型号是红旗、上游或海鹰什么的又能怎么样？如同全世界都知道飞鱼和飞毛腿的型号一样，你能怎么着它？没那么玄！他自己大概也觉得因这事挨了处分有点冤枉，或者仗着因研究马蹄型回风灶立过二等功一次，领导上拿他无可奈何，平时说话就大大咧咧，破罐子破摔的那么个劲头。

我们说说话话的，一人两垄一弯腰一弯腰往前赶着拔稗子。说到他挨的那个处分，他又重新来评价，他说，挨了个小处分，找了个好媳妇，总算起来也值了，天下的好事儿哪能都让你一个人占了！还让人家喝碗稀饭不？

我就笑得了不得，说怎么寻思的来，还让人家喝稀饭！

他也笑笑，是呀，光兴咱天天吃馒头，还不兴人家喝碗稀饭呀！

我说，听说你吃的那"馒头"还是个大学生？

他即露出幸福的神情，说是那当然，要不，我费那个洋劲呀！

我说，大概也是个导弹崇拜者和军事爱好者！

他说，还军事爱好者，光兴你爱好文学，就不兴人家爱好导弹呀，不过，这年头军事倒是挺吃香不假，你学问再深，一提导弹原子弹的事情，也还是给震得一愣愣的。

我想起少年时代，我们村里一个小放猪的对原子弹就挺崇拜，说是沂蒙山好，原子弹扔到这里白搭×，他扔到山那边，你躲在山这边就没事儿。我就将此事跟他学了学，他就说，老百姓普遍有这么个心理不假。

我说，看不出，粗粗拉拉的个人还这么有心计，你就充分利用这么个心理，弄了个知识分子！

他笑笑，什么事儿到了你嘴里也得变味儿！

我问他，嫂子是做什么工作的？

他说，当老师的，教物理。

我说，怪不得对导弹的事情感兴趣呢！长得漂亮吧？

他说，中等人儿呗，职业性的妇女，你能要求她多漂亮！

我说，你这人也挺幽默，话来得也挺及时，还扫帚不到灰尘照例不会自己跑掉，是跟物理老师学的？

他说，我哪里知道什么叫幽默呀！关键是心态放开了，不以学习毛主席著作积极分子自居了，随便了，从容了，那就活得格外滋润，如果真有点小聪明的话，也比较容易发挥了，你说是吧？

我说，嗯，有道理呀！

我们一人两垄一弯腰一弯腰地往前赶着拔稗子。他那个一米八五的大个子，弯起腰来格外费劲，不一会儿就站起来捶着腰眼喊腰疼。我说，一个熊稻田弄得这么长，总也走不到头儿似的。

他说，平原上的地都这样，过去我们村上民风不好，地也是格外长，你在这头儿割麦子，他在那头儿将你割好的麦子捆跑了，你眼睁睁地看着就没治，跟杜甫说的那个"南村群童欺我老无力，忍能当面为盗贼"差不多。

我说，赶不上山区好，地都是一小块儿一小块儿的，干点活很容易就能看出成果。

他说，我也是喜欢山区。

他那两垄的稗子特别多，他弯腰的频率也就格外快，有时还须蹲下去拔，他裤子的屁股那地方就给洇湿了两大片。他似乎没觉得，始终一丝不苟的样子。我说，这么认真啊，漏下个三棵两棵的问题不大呀，看不出来呀！

他笑笑，没想到你这人比我还坏。

我说是那么说，我拔稗子的时候也是一丝不苟的，也没故意漏下几棵什么的。

我们正说说话话地往前赶着拔稗子，旁边突然呀的一声尖叫，只见小梁一下坐到稻田里了，她脸色煞白，手指着前边，蛇、蛇……

我们也看见了，确实就有一条小水蛇，昂着尖脑袋摇摆着身子出溜到前边去了。

大老黑跑过去将她扶起来，说是这种水蛇没毒，也不咬人，有一句话叫打草惊蛇对吗？你是拔草惊蛇，在惊着它的同时也将你自己给惊着了，其实它比你还紧张，你瞧它那个惊慌失措的样子！

小梁眼里含着泪珠不好意思地笑笑，真讨厌！过会儿见大伙儿都站在那里看她，又说，没事儿了，你们忙吧。

大老黑又进一步安慰她，这叫什么知道吧？叫癞蛤蟆爬到脚面上，不咬人它硌硬人。

我们继续拔稗子的时候，心里就一直惴惴的。一边拔，一边志忑，千万别让我碰上呀！

三

活很累，伙食很差，特别那个顿顿西葫芦炖粉条儿，让人格外倒胃口。张景芳特别不喜欢吃西葫芦，管那玩意儿叫"稀糊儿"，他那个山西味儿的普通话一说，还有点小幽默。有时他会在饭堂里咋呼，上级领导教导我们要忙时吃干，闲时吃稀，顿顿稀糊儿，将我们当成劳改犯咋的？各连也普遍有意见，吃饭的时候将碗敲得震天响。有的则怀疑伙食不好是场部有意为之，为的是省下几个伙食费，待我们走了之后，他们自己好改善生活。场部为了平息大伙的怒气，答应尽力搞好伙食，还说场部是有几个鱼塘的，一俟买回渔网来，就捕一部分出来，让大家改善一下；同时还让各连出一个生活委员，对伙食管理进行监督。

场部让我们连出一个生活委员，按说此乃大老黑的本职业务，非他莫属。但他不干，他说，一个单位有一个单位的规矩；你让我帮着他们改改炉灶嘛我立马就给他改好了，你让我调剂伙食，还真不行；再说巧妇难为无米之炊嘛，他这里就是粉条西葫芦，你想做成白菜炖豆腐也不行不是？我倒觉得张景芳干这个活比较合适，他对饭菜比较讲究，也比较喜欢提意见，我们选他怎么样？

张景芳说，你这话没有讽刺意味吧？

大老黑说，哪能有什么讽刺意味，我是真诚的。

我们也都说行啊，你还真行。

张景芳即露出当仁不让的神情说是，既然大伙这么信任我，那我就干了，不就是个生活委员嘛，搞点监督嘛，又不是上刀山下火海！

我说，大老黑，你也别看着个炉灶手就痒痒，琢磨着给人家改成你那个马蹄型，你把煤给他节约了，弄不好他连饭也给咱做不熟！

张景芳说，大老黑你那个熊马蹄型回风灶也没什么了不起，别到处臭显摆。

大老黑说，说着说着搞起个人攻击来了，我不给他改就是了。

陈处长说，嗯，就这么定了。

我说，是让张景芳当生活委员定了，还是不让大老黑给他们改炉灶定了？

陈处长说，兼而有之吧，嗯。

张景芳怀疑大老黑提议他当生活委员有讽刺意味，里面有个缘由。

张景芳是"文革"之前大学毕业的，他是我所见到的知识分子中最自私的人。在那之后的若干年里，每当我看到《围城》里面的那句"你们念书人有时很贪小便宜"的话，就想起他。大老黑说他对伙食比较讲究，也比较喜欢提意见，那是客气，其实他是非常的自私。我们机关干部食堂的就餐方式一直都是记账的，即吃多少记多少，一月一合计，发工资时再一并扣除。每次记账张某人差不多总要少报一点，比方他明明吃了三毛二分钱的菜，记账的时候他就要报成两毛三。一桌七八个人，谁吃什么吃多少都是一目了然的，他就敢于公开少报，忍能当面为盗贼。他去打个菜，也经常因为自己菜里面的肉少别人的肉多而与炊事员吵起来。——大老黑与他不对眼儿，说着说着就要抬起杠来，由此也可见端倪。某日早餐，该同志以三分钱买皮冻一碟，后见有臭豆腐卖，遂将皮冻倒入热腾腾之稀饭内复去买之，待将臭豆腐买回来，乃用筷子于稀饭中打捞皮冻，不见有固体物质出现，即大声问道，谁将我之皮冻捞去了？同桌吃饭的人皆喷饭不禁。该同志就经常办些类似不着调的事情。比方看电影，他连一毛钱的门票也不舍得买，他就混在买了票的人中间溜进去。人家查票的时候，他要么将身子缩到椅子底下让人家照不见，要么跟人家打游击来一个东查西躲，有时就会让人家用手电筒给照出来。

总之是他办的掉价的事不少。此次他与大老黑一起来干校，就让我对缺点和错误的问题有了进一步的认识。我还弄清了缺点与错误的界限，即够某个处分等级的叫错误，不够处分等级的叫缺点。

此前，我一直认为错误要比缺点严重或恶劣些，但拿张景芳跟大老黑一比，就觉得不对了。大老黑吹牛扯淡泄露了所谓的军事机密，就是个错误，还挨了处分，档案里肯定也会有记载；张景芳爱贪小便宜，却哪一件也不够某个处分的等级，所以仍然还是缺点。我还没见过因为吝啬和贪小便宜而挨处分的。但若将他二位搁一块儿，并一定要你挑选其中之一做朋友的话，我相信还是选择大老黑的多，可见缺点有时是比错误还要让人生厌的。

张景芳的长处是业务上比较棒，对分内的工作也比较负责任。他曾参与过一个叫作什么工程的科研项目，里面有一项工作是要在海上进行一种定位试验，这个待在海上的活，就由张景芳承担。他所负责的一种叫作应答机的东西，本来是安在作为临时定位点的快艇上的，但快艇本身也有许多无线电设备，工作起来与应答机互相产生干扰，后来即将这种应答机安在了没有任何发电和发射设备的小舢板上。每次试验都要快艇先将其送到定位点上，待试验完了再去接。但该工程乃一胡子工程，投资不小，时间不短，成效不大，技术部上上下下的对此没有好印象。而每次试验还须兴师动众，车船侍候。时间长了，无效的试验多了，你再跟有关部门协调个车船什么的就格外麻烦，甚至还须看一些冷脸子。有时就让他们"搭车"，快艇要出海办别的事情的时候，顺便将他们捎上。就有这么一次，那快艇将小舢板送到海上的定位点之后，又到别处去了，张景芳独自在上边正工作着，偏就刮起了大风，待那快艇干完了别的活回来接他的时候，小舢板不见了，搜寻了五六个小时，才在十多海里之外的一堆礁石的后边找到他。张景芳浑身湿漉漉地躺在那里，冻了个半死，自然就十分地伤心和灰心。用他自己的话说是有一种被遗忘了的感觉，如同"黑旋风探穴救柴进"中，李逵将柴进从枯井里救上来之后，宋江只顾和柴进说话去了，忘了将李逵拉上来，李逵在井底下大喊大叫，宋江始叫人放箩下去，取他上来，李逵到得上面，发作道，你们也不是好人，便不把箩放下去救我一样。张景芳回来，他们所长安慰他并向他解释来着，他就说，你们也不是什么好东西，想害死我咋的？

那项试验后来还是成功了，项目也完成了，我为此曾写过一篇报道。他那个如同李逵从井里爬上来的感觉，就是我到他们所采访的时候他告诉给我的。那篇报道里本来有他在海上飘荡的一大段，风有多大，浪有几级，小舢板如飘零的树叶随时有被打翻和卷走的危险，张景芳却临危不惧怀里仍然抱着应答机。很感人，我自己也比较得意。但我们政治主任审查的时候给删去了，说这样一写，暴露了别的方面的问题，搞不好就要算成事故。稿子发出来之后，张景芳不悦，说我没有实事求是，有关他的事迹一字未提；我向其解释，他又说我不坚持原则，罪白受了，又发一番李逵从井里爬上来的那种感慨。

张景芳当了生活委员，但伙食并没有明显的改善。每当吃饭的时候就都说他，你这生活委员是怎么监督的？成效不大呀！

他即讪讪地，他们是有些实际困难不假，这地方怎么这么多稀糊儿呢！

四

大老黑说我腿上没毛，皮肤过敏，三天两头的就会起点红疙瘩什么的，三天过去，我没起红疙瘩，小梁倒起了。那么一双白嫩的小腿上红疙瘩一片片的，还怪瘆人，陈处长不让她下水田，让她帮厨去了。

大老黑就又贩卖一番他那个喝稀饭的理论，皮肤白了，细了，看上去是要漂亮一点，它同时又会让你皮肤过敏，你总得付出点代价是不是？又漂亮又不过敏，还让人家喝碗稀饭不？

我笑笑，你这人特别会心理平衡。

他就唉了一声，你是没犯过错误，没有体会，犯过错误挨了处分的人，一般都这样安慰自己；哎，你们主任批评老金的时候怎么说？说老婆不漂亮就是犯错误的理由吗？都找漂亮女人，剩下些不漂亮的怎么办？听说你说句公道话来着，还将你训了一顿，说你打横炮？

我说，你怎么什么事儿都知道？

他说，这种事儿怎么能保住密！那个让小梁给蹬了的老郑去医院灌了肠我也知道，小崔向我们管理处要车送老郑去医院，还跟我们撒谎，说是拉肚子，拉肚子还能那么急燎燎的呀！具体怎么个过程你知道吧？

我说，人家两个人的事儿，我哪里知道！

他说，你们都特别能保密是不是？一个个神秘兮兮的，至于吗？

我说，人家失了恋，本来就很痛苦，咱别在旁边说轻巧话。

他就说，活该，那个老郑也不是什么好东西，我看着他那个女人样儿就来气！

我说，他怎么得罪你了？

他说，那个熊处分决定写的！还上报基地政治部，下发各连党支部，抄报基地后勤部，抄报个屁呀！我一个机关后勤助理与基层的连队有什么关系？人家认识我是谁呀，这不纯粹败坏人吗？我寻思起这件事儿就气得慌，有时做梦也是那种心境，醒来还觉得灰溜溜的。

我说，这不关他的事，凡是处分决定都得这么发，上报是备案，下发是警诫，他是组织干事，只管写不管发。

他说，犯那么点事儿就到有关单位败坏我呀，起什么作用？我去人家那里联系个什么事儿的时候，让他们故意给我出点难题？给我个冷脸子看？

我就说，所以呀，最好别挨什么处分，无论你多么有水平，一旦让人家弄成红头文件上报下发又是抄报什么的来一通，也还是会斯文扫地，尊严全无；可话又说回来，那个抄报还真没什么积极的作用不假，大概做这个规定的人，没犯过错误，没有你这种体会。

我们说说话话的，顶着个毒毒的太阳，一人两垄一弯腰一弯腰地往前赶着拔稗子。那些熊稗子可真多，总也拔不完似的。几天下来，百分之百的人都喊腰疼。大老黑说，这个熊天也不下个雨，让他大爷咱歇两天。

张景芳也说，哎，报纸上广播里的天天咋呼批林批孔，咱们也得批一下子呀，不能光促生产不抓革命对不对？

陈处长说，场部不是让咱晚上抓吗？

大老黑说，一天下来，累个半死，还抓哩！

陈处长就笑了，你这个同志！

小梁在家里帮厨，帮完了厨也不闲着，她将我们换下来的衣服甚至连臭袜子脏裤头都洗了；完了还将我们的脸盆一字摆在宿舍门口，盛上水，搁太阳底下晒着；等我们下工回来，就有那么一盆温和的水等着我们。再到宿舍一看，也是焕然一新的样子，我们的心里就热乎乎的。

吃饭的时候，我们都夸小梁。小梁又过意不去似的，说还是你们辛苦啊！

干校没有任何的娱乐活动。晚饭后散个步，那些熊蚊子也四处追逐，走到哪它跟到哪，逮着机会就叮一口，所以只要不是热得受不了，我们早早地就会上床躲到蚊帐里闲拉呱或看书写信。

大老黑说，这时候，要是让个五六岁的孩子在腰上踩一踩才舒服哩！

我问他，你孩子有五六岁了吧？

五岁了，说着即从蚊帐里递出一张照片来。我接过一看，是个虎头虎脑的小男孩。我说，嗯，是挺可爱，你是想孩子了吧？

大老黑说，那当然了，孩子永远都是自己的好，那么一双肉乎乎的小脚踩在腰上简直就没治了！

有人来喊陈处长，陈处长从蚊帐里钻出来，说是臭棋篓子还下哩！可还是跟来人出去了。

大老黑说，刚才来的这人是陈处长的同学，是个处长，不知站错了队还是怎么的，也给整到这里来了。

我说，陈处长下象棋的水平还真高，咱们三个人加在一起也未必赢得了他。

大老黑说，基地第二名水平还能不高？就是太认真，基地杨副司令有一次找他下棋，连输六盘，最后杨副司令的脸色都变了，他也不知道让让；那年他挨完了斗，给整到饲养组喂猪去了，那饲养组长是个四川兵，下起棋来嘴不闲着，走一步喊一声槌子哟，三喊两喊，就将他整输了一盘，气得他好几天不跟那战士说话。

我说，听说他业务挺棒？

大老黑说，外号计算大王嘛，还能不棒！

我们两个躺在蚊帐里正按着我们的话题说，那边厢张景芳突然就感叹了一声，看着骄娇二气的个小姐，哎，还怪会疼人，也挺能干。

我问，说谁呢？

大老黑说，还能是谁，小梁呗。

我说，她怎么疼你了？

张景芳说，人家给咱晒洗脸水，连臭袜子脏裤头儿都洗，还能不是疼？当然不光疼我了。

我说，说得怪有感情，还疼，就那么点事儿还放不下了？

大老黑说，你别说，这妮子还真是怪会关心人，要不，能把老郑给整得五迷三道的？

张景芳说，也怪老郑没出息呀，一个政治干部，失了恋就吃安眠药，什么觉悟！

我说，这也说明老郑感情专一呀，投入呀。

大老黑就又说一遍，你别给他打掩护了，他也不是什么好东西，按说，这次应该让他来，好好改造一下他那个爱情至上的世界观；结果让人家小梁来了，是你们报复人家吧？

我说，哪里，是小梁自己申请的，领导上大概也考虑让他俩暂时分开一下换一下环境对他们有好处。

张景芳说，老郑还在纠缠她是不是？

我说，两人好了那么长时间，一下子断了，是有点受不了不假；上午灌了肠，下午就从医院里窜回来了，他还是想找她谈谈，哪怕有百分之一的希望，也要作百分之九十九的努力。

大老黑就说，嗯，她是该出来躲躲，要不，还真可能发生意外哩！

我说，那倒不至于，他能吃安眠药，就不会伤害别人，他伤害的是他自己。

大老黑说，你这么一说，还怪感动人哩。

我说，所以呀，永远不要嘲笑失恋的人，你为了爱情，不是也曾付出过代价？

大老黑说，说着说着就下道儿，说老郑嘛说我干吗？

张景芳又说，这个小梁是挺吸引人不假；业务也挺棒，会打字，还会画图，她画的那图跟正式出版物不差半分毫。

我说，她那是描图，依样画葫芦还能描不好？

张景芳说，描图也不简单哪，你瞧那笔锋，那么纤细，那么均匀！

大老黑说，一会儿你就做个好梦吧！

张景芳嘟哝着，妈的，想到哪里去了！

过会儿，大老黑突然说，哎，咱们来了这么长时间了，怎么没见小迟说过话呀！

我也蓦地意识到，还真是哩！

张景芳就说，看来家庭问题比个人犯错误还容易让人背包袱啊！

我们即很以为然。

五

待我们将稗子拔得差不多的时候，雨也下来了。雨不小，所谓开门风闭门雨，头天晚上临睡觉的时候就开始下，第二天又溜溜儿的下了一整天。

大老黑说，老天爷也特别偏向着这个熊干校，不干完不下雨，它看见你干完了，就下起来了。

我们开始抓革命，念报上有关批林批孔的文章。小梁读报纸的时候，张景芳不时地来一句，这雨不小！过一会儿，又来一句，好家伙，还有冰雹哩！我们就都挤在门口看雹子。雹子不大，盐粒儿似的，一阵儿就过去，而后又不紧不慢地继续下雨。

张景芳说，小梁你念了半天报纸，渴了吧？

小梁笑笑，不渴！

张景芳说，那边菜地里好像还有黄瓜，咱去偷它几个吃吃如何？

大老黑说，早都落架了，秧子都黄了，哪里还有黄瓜！

张景芳说，看看还有漏网的没有！说着即窜进雨中了。一会儿，张景芳落汤鸡似的回来，手里拿着几根指头粗细长短不一的瘪黄瓜回来，膝盖上却鲜血淋漓，一进门儿就说，还真都落了架哩，这些家伙摘得还怪仔细，连个漏网的也没有。

小梁说，你膝盖上怎么了？

张景芳这才发现，哎，还真没注意哩，估计是让铁蒺藜给划的，营区之内的个熊菜园还拉上蒺藜，对同志们简直是莫大的不信任啊，损失不小、损失不小，嗯。

陈处长笑笑，就这么防范，几根烂黄瓜还偷哩，你还让人家怎么信任？

小梁回宿舍拿了点紫药水，给张景芳抹上。张景芳感动地说，是你自己带来的？

小梁说，是呀，一些常用药什么的还是要备一点，清凉油啦，银翘解毒丸啦，黄连素（小檗碱）啦我那里都有，谁要用就说一声。

张景芳甜蜜兮兮地说，你是个细心的好……女同志，你那个过敏好了吧？

小梁说，早好了，一点小毛病，过敏是一触即犯，一治就好，吃一片扑尔敏（氯苯那敏）就好了。

陈处长说，咱们继续学习，小迟你来念一篇。

大老黑说，拣短的念！

小迟念报纸的时候张景芳还不时地嘟囔，损失不小、损失不小，嗯。

陈处长说，你个张景芳，促生产的时候你咋呼抓革命，让你抓革命了，又在这里穷嘟囔。

看不出张景芳是开玩笑还是认真的，他说，批林批孔也不能空对空对不对？还是要发扬我党的三大作风，联系思想实际，开展批评和自我批评；我建议陈处长先来一个典型引路，检查一下你那个儒家思想。

陈处长愣了一下，我哪个儒家思想？什么儒家思想？

张景芳不阴不阳地说，我认为你鼓吹三自一包，给家里买小毛驴，连同你那个单纯军事观点，搞计算机比赛张榜名次就是儒家思想。

大老黑又极有爆发力地笑了一声，说是这个点子好，这个熊干校连个娱乐活动也没有还干校哩，咱们开展点批评和自我批评乐和乐和，陈处长你先说说那个买小毛驴是怎么回事儿。

陈处长稍稍尴尬了一会儿，说是狗日的韩健！听听他这名字起的，还韩健，他可真是个汉奸啊！想当初他跟我一个办公室，经常偷我的烟抽，一起出差一起吃饭也从来不掏钱，要么故作掏钱状而又不真正掏出来，这我都不说他；那年我父亲来了封信，说实行三自一包之后，生活基本上没困难了，还用我寄回去的钱买了头小毛驴，干起了做豆腐的小买卖，我当然就挺高兴，肯定也跟他说起过此事儿，结果"文革"一开始，一搞大鸣大放大字报大辩论，他就揭发我鼓吹三自一包，那小毛驴是我买的吗？什么东西！

小梁说，韩健是谁？

大老黑说，早转业了，他去船厂支左的时候因为犯错误给开回来了，时间不长就转业了，是六九年转的吧？嗯，是六九年，九大召开的那一年呢！

张景芳说，这个问题就算清楚了，你再交代一下那个单纯军事观点搞计算机比赛张榜名次的问题！

陈处长说，我到现在仍然认为一个技术部队搞一点业务比赛是必要的，那年我在计算机室搞了几次比赛，还是有些效果，至少学习业务的空气比过去浓了；其实那些比赛的题目都很简单，一些高中毕业的战士，根本不用手摇计算机，一化简，一约分，结果就出来了；特别是那些看上去挺复杂但仔细一审题就知道等于零的算式，甚至连化简约分的程序都不要；只有初中文化程度的战士呢，在那里吭哧吭哧摇半天，答案还往往是错的；现在看来，张榜公布名次的问题，可能伤害了一些同志的自尊心；哎，小迟你们室的那个小乔还就是那时提起来的哩，她每次比赛的成绩都是不错的，她家是沈阳的吧？

小迟说，是沈阳的不假。

张景芳说，你管人家沈阳不沈阳干什么？你这不是检查交代呀，纯是在这里评功摆好为自己翻案哪！

大老黑说，我看比较实事求是。

张景芳以主持会议的口气说，你们几个的意见呢？

我们都说，还是比较实事求是的。

张景芳说，那就算过了，大老黑，你交代一下吹牛扯淡泄露军事机密骗媳妇的问题。

大老黑说，我那点事情处分决定上不是都写着吗？还上报下发抄报什么的？

张景芳说，说细节，处分决定是梗概，是定性，具体怎么个概念不清楚。

大老黑说，我那是当兵之后第一次回家，当然是提了干穿着四个兜儿的军装才回去的，亲戚同学什么的少不得就要聚聚，那个公社革委会副主任是那种以工代干的副主任，哎，你们那里有这种身份的干部吧？

我说，有，就是他本人不是干部，但做着干部的工作。

大老黑说，嗯，那家伙连工人也不是，纯粹就是个农民，造反上去的；他还是我的同学，几年不见，见着我的第一句话就是让你挖着了哩，弄了个军官当；我说，你以为军官就那么好当呀，他说，那也还是让你赚了便宜呀，当初你不是连个高中也没考上？我呢，高中毕业，弄了个副主任还不是正式的；这家伙看着我弄了个正式的干部当，心理不平衡，我就故意怄怄他，他问我在部队干什么工作，我就说搞导弹，当然也说了些别的，说上游型号的导弹是买的苏修的，红旗和海鹰系列的才是咱们自己研制的，当场把这家伙震得一愣愣的，不想事后他就给部队写人民来信，说我泄露军事机密，坑了我一家伙。

张景芳说，再说说你是怎么把个大学生弄到手的！

大老黑说，别人介绍的呗，这个也算错误？

陈处长说，我看情况基本上就这么个情况了，联系思想实际也不能牵强附会胡乱联系对不对？

张景芳说，就这么让他过关了？

我们都说，过了吧。

张景芳说，那就过了，哎，下边轮到你了吧柳干事？

我说，还能人人过关哪，我又没犯什么错误！

张景芳说，你没错误，你是圣人哪？

我就把我前边提到的那个对缺点与错误的理解即够处分等级的算错误不够处分等级的算缺点说了一下，他说，你这么说也有道理，那就把你的缺点检查一下吧！

我说，要说缺点的话，我有两次写了报道是署了我的真实名字，灵魂深处还真有点名利思想；名利思想这个东西还是有些诱惑力，就好像有的人对资本家没好印象，却都愿意娶资本家的小姐一样，挺奇怪是不是？

那几位就一阵笑。

张景芳说，继续说！

我说，别的好像也没什么了。

张景芳说，嘿，这就算完了？就这样还想蒙混过关呀？

那一会儿咱还真就有种自卑的情绪涌出来，遂过意不去地说，我怎么就没犯个稍微复杂一点的错误呢！

那几位又笑一阵。

大老黑说，你说说那个为老金打横炮的事儿吧，先前只是听说，具体怎么个精神还真不知道！

我就把老金搞婚外恋支部开会批评他的情况说了说，轮到我发言的时候，我强调该同志没什么文化，不注重世界观改造，以后注意，啊？众人哈地就笑了，他自己也笑了。随后我说他之所以搞婚外恋，除了没认真学习毛主席著作，放松了世界观改造之外，也是因为他老婆形象不佳不说，还不讲卫生，她庄上每一轮传染病诸如肠炎了，痢疾了，流行性感冒了，都是首先从她家里开始的，那怎么能生活到一起去？众人又是一阵笑。主任遂打断我的发言，说我态度不严肃，纯在那里打横炮；老婆不漂亮不讲卫生就是犯错误的理由吗？都找漂亮老婆剩下些不漂亮的怎么办？还有没有一点共产主义风格？我看所谓的不讲卫生其实是艰苦朴素的表现，林黛玉倒讲卫生，可年轻轻地就死了；焦大不讲卫生，王熙凤还往他嘴里塞马粪什么的，可他活到八十多！主任大概意识到在这样的场合不批评老金而批评我有点不妥，遂缓和了一下口气，与我交流道，是活到八十多吧柳郝仁同志？我说，不知道，没印象。此后我真的又翻了几遍《红楼梦》，却没查出焦大在哪里活到八十多。有一次会前我向主任提起此事，说我怎么没找到焦大活到八十多呢？主任就恼了，说你搞什么名堂？谁都没有你高明是不是？把自己当成一朵花，把别人看成豆腐渣得了吗？骄傲自满对谁都构不成伤害，最终受伤害的是你自己。

大老黑就说，这大概也是让你来干校的原因之一。

陈处长也说，我看这也算不上是什么错误，柳干事当时的发言还是公正的，从主、客观两方面都做了分析。

张景芳还不依不饶，说是你也太轻描淡写了吧？

我说，让我再想想好吧？我想起来再继续说，理论联系实际没有时间限制吧？

张景芳说，那暂时就这样吧，还要继续反省，啊？小梁，说说你是怎么把老郑给整到医院去的！

大老黑一下子认真起来，我看你有点过分了吧张景芳？大伙一起说说笑笑娱乐娱乐就是了，连个分寸也不讲了？你算干什么的？

小梁脸红红的，说是没什么，恋爱自由嘛，谈得来就谈，谈不来就散嘛是不是？先前觉得郑干事还不错，挺关心人，也挺细心；可接触时间长了，就觉得该同志没大有北方人特别是那种男子汉的气概，我一看见他那个小小气气的样子就恶心，还弄个小菜吃吃！写的那字也跟女人似的，还臭美呢，一个写着学习毛主席著作心得体会的笔记本给这个看，给那个看！

大老黑接着说，最恶心人的还是你张景芳，你怎么不说说你吃了三毛二分钱的菜是怎样厚着脸皮报成两毛三的？看电影你不买票是如何狗一样夹着尾巴溜进去的？人家女兵在宿舍里写检查，你又怎样乘人之危想人家的好事儿让人家给撵出来的？

陈处长说，算了算了，本来是要娱乐娱乐的，这样一来事与愿违了，一起出来的同志还是要注意团结，啊？

张景芳也是孬种一个，此时即厚着脸皮说，我不对、我不对，说着说着就忘了是闹着玩儿了，成揭老底儿战斗队了，我自己毛病确实挺多不假，欢迎同志们批评指正！

但气氛变了，不可能再嘻嘻哈哈地互相揭老底儿，雨也停了，也到了吃饭的时间了，遂都散去了。

这天晚上，我躺在床上想起拿批评和自我批评当娱乐的事，就觉得来干校的这些人还真是有意思，人人都有缺点，同时又个个才华横溢。我不知怎么就想起了一种叫不上名字的钢笔水。那些年我们部队驻地有一句顺口溜，叫辽宁的牙膏一根棍儿，辽宁的火柴等一会儿，辽宁的自行车慢撒气儿。意思是作为重工业生产基地的辽宁，轻工方面一向比较落后，他们生产的牙膏一般都比较硬，跟棍子一样，有时将牙膏皮儿挤破了，还挤不出牙膏来；而他们的火柴呢，划一下之后须等一会儿才能着；慢撒气儿的问题就不用解释了，总之质量很差就是了。唯一令人放心的产品是一种叫什么的蓝黑墨水。它颜色适中，书写流畅，无论你放多长时间，永远不会有沉淀物，工艺水平上也比较讲究。

这有点意识流了是不是？但当时我确实就是这么想的。

六

文章写到这会儿，读者诸君肯定也意识到了，有一个人怎么始终没说过话呀，露过几次面也没她的戏，好像没她的事儿了似的，是作者疏忽吗？其实我也意识到了，我也知道无论是戏剧还是小说，你要写到一支三八大盖必须让他放一枪，你要在舞台上挂把宝剑，也必须让它杀个人或如项庄虞姬那般舞几下？小小道具尚且如此，何况人乎？还是张景芳说得对呀，家庭问题比个人犯错误还要让人背包袱，这话是一点也不假的。事实上，小迟在进干校的头半个月里面，确实就是一言未发的。她就没戏你让我怎么写？

但那次我们一起拿批评和自我批评娱乐过之后，小迟一下子活跃了许多。她大概也意识到凡是来干校的人都有这样或那样的问题。相形之下，自己那个家庭问题倒不显得多么突出了，在人们的眼里也并不如自己想象的那么严重，出身不由人、进步靠自己嘛，同病相怜、惺惺相惜嘛是不是？那就没必要谨小慎微，自己吓唬自己。思想上放开了，神情上舒展了，就又有说有笑的了。自打来干校她一直是不说话的，这次正吃着饭，她竟扑哧一下笑了。大伙稍稍愣了一下，我问，笑什么呢？

她笑得几乎喷出饭来，说是我寻思起你们主任说的那个都找漂亮老婆剩下些不漂亮的怎么办就想笑！

大老黑说，怎么寻思的来，还有没有一点共产主义风格了，到了共产主义你也不能非让人家找不漂亮的不可，这不是风格和觉悟的事儿；可话又说回来，他这话倒也挺主持公道的是不是？

小迟就说，嗯，他是挺为我们不漂亮的人说话的不假！

大老黑说，你还不属于那种不漂亮的女人，你是乍一看不漂亮，再一看不难看，看长了，哎，还挺顺眼！

小迟笑笑，你这话我爱听。

陈处长也笑了，说是你个大老黑，还怪会归纳，也挺有个层次感！

小迟又笑笑，说你买小毛驴的事情也特别好玩儿，听上去特幽默，买任何别的东西都不如买小毛驴幽默！

小迟还真就属于大老黑归纳的那种类型，个子不高，有点黑，也有点胖，乍一看不出众，再一接触还有些味道。她刚当兵的时候年龄挺小，看上去也就十五六岁，一脸中学生的神态，还背着只小手风琴。那么小的手风琴此前我从没见过，只在《钢铁是怎样炼成的》插图里面看到过，就是保尔小时候拉的那种。哎，她就背着。有一年冬天，我们机关去农村野营拉练，她还背着那只小手风琴参加宣传组来着，行军时鼓动，驻防时演出。野营拉练当然要故意拣一些山路走，辽西的地形地貌与我家乡沂蒙山差不多，也是山连山、岭连岭的阵势；翻山越岭的时候，少不得就要扶老携幼，互相拉一把什么的。这时候小迟就与其他几个女兵在那里打着竹板鼓动：想想红军两万五，野营路上不怕苦；翻山越岭把手牵，前进路上不怕难；雪后的山路比较滑，小心你的脚底下。哎，还真是别有一番滋味。而每当驻扎到一个村里，晚上都要搞联欢，要么给当地老百姓放电影，要么就演节目。无论多累，演出的时候小迟总要去伴奏。她那个小手风琴也让农村的些孩子大开眼界，她走到哪里后边都要跟着一大群孩子。一些大人们也在那里瞎议论，这个说，一看就是苏联货，苏联造东西都是粗拉笨重的，哎，造这玩意儿它就能造得这么小；那个说，一样的东西，都是越小越珍贵的，就好比手表比座钟贵，小轿车比大货车贵一样，你看着跟小学里的那个手风琴差不多，价格肯定贵多了；还有的就说，这妮子年龄不大，还会弹这玩意儿，是那种文艺兵定了，不信咱就去问问！有人还真问了，一听不是，就又胡乱猜测一番。

野营路上，每天晚上各单位的头头儿们都要到指挥部开一个碰头会，一是汇报一下各单位的好人好事，二是明确一下第二天的行军路线。我在碰头会上了解到宣传组的几个女兵年龄小志气高，每人的脚上都打了泡还跑前跑后地搞宣传鼓动，遂写了一篇题为《行军路上的鼓动组》的小通讯在某报上登了一下。因为我没直接找她们采访，写稿子的时候将小迟的名字跟另外一个女兵给搞混了，她本来叫迟丽娜，结果写成了迟平。稿子登出来之后，有一次她在路上遇见我就哼了一声，说是认识你这么久，还把我的名字给弄错了，还持平呢，还亏损哩！你心里大概只有严平吧？

她提干的时候年龄也不大，工资不低，家庭条件又比较好，花起钱来难免就大手大脚。传说她买东西没计划，看见什么买什么，牙刷按打买，光手表带儿就买了五条，总之是当月的工资不花完就不罢休。那时正学习《哥达纲领批判》，不知谁就给她起了个分光吃光的外号。她这个外号听上去没什么，但对找对象却极为不利，无论你多么有钱，都不会将这么个分光吃光的主儿请到家里专门踢蹬你。由此也可判定此外号必是她的些女战友起的无疑。

政治部的人都知道，小迟跟她父亲的关系并不好，她父亲跟她母亲也早就离婚了。因为她已是成年人，就没将其判给哪一方，但她跟她母亲更近一些。其父原是个局级干部，因觉悟和路线问题犯了错误。小迟的父亲出事之后，小迟将她父亲写给她的信全都交到了政治部，我曾看过几封，那里面确实就没有半点的父女之情，全是说她母亲不好的些话，挑拨她们母女之情的那么种口气。小迟至今没转业，估计与此也有关。

稗子拔完了，我们的主要任务改成了施肥和灌水放水。那时我们就搞起了责任制，一个班几十亩地，看哪个班管得好。施肥的时候，全班一起出动；灌水放水的时候两个人就解决问题。这次，与小迟一起去灌水，她就给我说了些前所未闻的事情。她问我，那年咱们拉练的情形你还有印象吧？

我说，有啊，这才几年的事！

她说，那次尽管你将我的名字写错了，可我还是要感谢你！

我说，这有什么好感谢的？

她说，无论如何那都是一种表扬的等级，看，某某上过《海军报》，报纸上都表扬她了，对个人进步还是有些作用。

我说，又不是单独表扬的你，提了好几个人的名字不是？

她说，可你提到名字的都提起来了。

我说，那只是一种巧合，主要是你们自己干得好，再说女兵提干也比男战士容易些。

她说，女兵提干相对容易一些，与所从事的业务也有关；咱们技术部其实跟地方上的研究所或研究院差不多，你这里刚把一种业务搞熟了，又让你复员了，那还搞什么研究？成培训了！再说这种业务地方上也用不上啊！是不是？

我说，倒也是，所以机关里面的女兵提干不一定是党员，连队里面的男兵提干就非是党员不可。

过会儿，她说，哎，那个严平你还有印象吧？

我说，有啊，她不是当了工农兵大学生，去清华大学了吗？

她笑笑，就是她，当时我们还以为你跟她有私情哩！

我说，我要跟她有私情就不会将她的名字跟你弄混了，你们怎么会有这种印象？

她就说，一起议论差不多同时入伍的男同志的时候，严平说，这一茬儿男同志当中还就是柳干事值得一追，还说一定要把你追到手什么的。

我就笑了，你们可真够放肆的，她要把我追到手，我怎么不知道？

她说，开始我们还以为她是开玩笑，吹吹牛，后来听说她还真找你们政治部的人了解了你的情况，具体找的谁不清楚，那人学着你们山东话说，俺家有！她也就用同样的话跟我们学，俺家有！笑得我们了不得；笑完了，她又吃不着葡萄说葡萄酸，说是看着文绉绉的个人，原来也是个土老帽。

我笑笑，她这人还怪有意思哩！

她说，她是挺有意思，业务上也挺棒，要不能推荐到清华去呀？

我说，看，咱这里还什么都不知道的，背后就让你编派了这么多故事，你们女兵在一起，是爱犯个自由主义不假，那个林红让你们编派成又馋又懒，早晨不起床就躺在被窝里吃饼干，一接触远不是那么回事儿。

她说，女兵多了就这样儿！要是一个单位只有三两个女的，就没这些杂烂事儿。

我问她，怎么好长时间没见你拉手风琴了？

她说，那玩意儿早坏了，坏了也没地方修，扔了。

她那种满不在乎的口气，加深了我对她分光吃光的印象，她确实是个不怎么会过日子的人，拿着好东西不当好草。

过会儿，她又说，其实我并不是学的手风琴，而是钢琴！手风琴是拉着玩儿的。

我即吃了一惊，你家连钢琴都有啊？

她说，有啊！我母亲就是弹钢琴的；我不仅会弹钢琴，还会跳芭蕾哩，你信吧？

我又是一惊，看不出这么个又矮又胖的妮子还会跳那玩意儿，但她那种不经意的表情不由你不信，我说，当初是把你当作文艺兵招来的吧？

她说，你说我这个形象能上舞台吗？不把人家吓跑了才怪哩，那只是一种家庭的素质教育，我才不靠那玩意儿吃饭呢，我还是想搞点正儿八经的业务工作。

这么说说话话的，哎，你觉得这个妮子还真是有点看长了就挺顺眼的那么种味道；而且还有种温馨的情愫生出来，你喜欢跟她说话。

七

农场的渔网买回来了，其实也不是正儿八经的渔网，而是网片，十来米长，一米半宽，几个人一起拽着，往前赶的那种。那种捕鱼的方法特别刺激，十来个人排着队一起往前赶，待将鱼赶到浅水处，鱼儿们开始往上蹦的时候，我们喊着叫着，玩游戏似的，特别来劲儿。要说劳动愉快，还就是捞鱼的时候最愉快。那种捕法也特别残酷，很容易就将鱼儿们赶尽杀绝一网打尽。而进干校的人，大多没有以场为家的思想；尽管场部不让捕半斤以下的鱼，可具体捕起来，哪还管那些？统统都是挖到篮子里就是菜的劲头儿，一网拉上来，漏网的也就剩不下多少了。

哎，那么鲜的鱼，让食堂的那些小子们做出来竟跟糨糊似的，又苦又涩。大老黑说，这帮小子大概从没做过鱼，不知道将苦胆择出来；俗话说千滚豆腐万滚鱼，这玩意儿放到锅里别动就行，哎，刚放进去他就拿铲子乱翻乱搅和，那还不搅和成糨糊状？张景芳你这生活委员是怎么监督的？

张景芳就又颠儿颠儿地提意见去了。一会儿张景芳回来，说是这帮小子都是临时从别的部队抽调上来的，都没当过炊事员，场部的头头儿正训他们呢！

大老黑说，早干什么去了？由此也证明这个农场的管理水平十分差劲！

陈处长说，关键是你们把人家的鱼给一网打尽了，都打完了以后人家自己吃什么？

小梁和小迟也都笑笑，说姜还是老的辣呀！

八一建军节到了，场部要求各连都要出几个节目。大家都认为小梁形象较佳，长得跟李铁梅差不多，走起路来也婀娜多姿，寻思能有点文艺细胞唱个歌或样板戏选段什么的来着，不想她还五音不全，唱起歌来远没有她说话好听。大老黑就说，看着像演员，干起活来像伤员，走起路来像服务员，白瞎了你的这副盘子和身段。

小梁是技术部所有女兵中走起路来最有特点的人，不知道只她一个人的时候怎么走路，反正我看见到她的时候，总是一只手举着，像端着一只盘子或其他什么玩意儿，另一只手才像一般人那样在下边甩；特别是下楼梯的时候，她举着的那只手就更像是端盘子，大老黑说她走起路来像服务员，就这么个服务员。

小梁也不恼，说就是呢，我怎么就五音不全演不来个节目呢！

陈处长说，你就是五音全，也没必要非出节目不可，海政歌舞团不是来了些演员吗，那都是些登台上瘾的人，不管她有什么思想包袱，一让她演节目她就来劲儿，到时她自己就会一边推辞着一边往前凑的。

张景芳说，你个老东西说话也太刻薄了，还一边推辞着一边往前凑，倒是怪形象！

还真是！当天下午那个在《红珊瑚》里演珊妹的演员就找小迟给她伴奏先练去了。原来她跟小迟的母亲很熟，来到就说，想不到在这里见到了这孩子，几年不见都长成大姑娘了，要不是看见花名册上的名字，就是走个对面也不敢认了；不唱不唱嘛，还非让唱不可，都成老太婆了，嗓子不行了，词儿也记不住了；条件就这个条件，用手风琴伴奏就行啊，噢，场部有手风琴的。

八一建军节中午，天津小红花艺术团来慰问，连同我们自己准备的些节目，就在饭堂里演了一家伙。报幕的小女孩也就八九岁，却非常的老练大方。艺术团的负责人介绍说，西哈努克几次来天津参观访问，都是她给西哈努克献花并一直陪着的；该艺术团还多次出访过，访问过阿尔巴尼亚、朝鲜等。

孩子们的演出还真不错，个个一专多能，能拉会唱。张景芳说，想不到在这里看上了这么好的节目，还是个乌兰牧骑哩！

压轴戏则是那个珊妹。她接连唱了五首，又是《老房东查铺》，又是《见了你们总觉得格外亲》什么的，将小红花们震得一愣愣的。唱着唱着，小红花们也自动地加入了伴奏的行列。台下更是爆发出阵阵掌声，一次次的谢幕就是下不去。不知谁喊了一声，还是来那个一树红花照碧海，一团火焰怎么着来着？

珊妹说，这首歌不能唱，因为《红珊瑚》还没解放！

大老黑就咋呼，这又不是公开演出，在场的都是排以上干部，咱就不能来个内部演出？

有人附和，对呀，就跟演内部电影似的，那年演《山本五十六》《啊，海军》什么的，就只允许排以上干部看；《红珊瑚》有什么问题，就算仅供我们批判参考好了！

接着又是一阵雷鸣般的掌声。珊妹跟小迟商量了一下，小迟就熟练地拉起来，小红花们却傻了眼儿，她们不会。那珊妹刚唱完"一树红花照碧海，一团火焰出水来，珊瑚树红春常在，风波浪里把花开"时，底下的人竟一下子和起来了：云来遮，雾来盖，云里雾里放光彩；风吹来，浪打来，风吹浪打花常开……唱着唱着，珊妹的眼泪就下来了，人们的心里也都热乎乎的。

回宿舍的路上，大老黑说，伙食很差，节目很好，这个建军节过得还不孬哩！

我说，你个大老黑怎么寻思的来，还内部演出，那小子则咋呼仅供批判参考好了，全是些牛鬼蛇神呀！

大老黑嘿嘿着，配合得挺默契是不是？

我说，一些老歌是怪煽情不假，那个云来遮雾来盖，风吹浪打什么的也挺符合人们的心境，那还不默契？

张景芳说，就不知会不会出问题，我看地方上也来了些同志！

我说，出什么问题？那几个地方上的同志，不也在那里擦眼抹泪还鼓掌什么的？

大老黑说，那几个地方上的同志一个是小红花艺术团的领队，有两个是辅导老师，那女的还是场部李参谋的爱人，都是搞艺术的，能出什么问题？他们还巴不得把这首歌早给解放出来呢！

那个李参谋的爱人，估计也是演员出身，很年轻，很漂亮，很丰满。小红花们当天下午就走了，她没走。晚上在操场上放电影的时候，她就跟李参谋两人围着一件雨衣坐在最后一排看，旁边则有个三四岁的小男孩跑来跑去。大老黑断定那女辅导老师是李参谋的爱人就是因为这小男孩。

看电影穿雨衣当然不是因为下雨，而是为了防蚊子。那场面真是有意思，一个个反穿着那种带胶的军用雨衣，猩猩一般坐在小马扎上黑压压一片，待换片子的时候灯光亮起你就看吧，人人脸上油光闪闪，大汗滚滚。那天晚上我站岗——噢，我还没说过站岗的事吧？你觉得这个熊地方荒原一片，方圆百里之内没有人烟，阶级敌人要来搞破坏也得费老鼻子劲，再说一个农场有什么可保卫的？可不行，部队就这规矩，任何营区晚上都是要站岗的，那种流动岗，可以这里走走那里转转。操场上放电影的时候，我在那一排排干打垒的房子中间溜达了一圈儿，就转到操场后边看电影去了。当然就发现了李参谋穿着雨衣从后边儿搂着女辅导老师看电影的那么个小镜头。一件雨衣里一上一下地露着两张大汗淋漓的脸，确实也是怪滑稽，比看电影还刺激。坐在稍靠前点的张景芳也回过头来看，完了还朝我挤挤眼。电影好像是革命现代京剧《奇袭白虎团》，此后张景芳经常唱"趁夜晚出奇兵突破防线，猛穿插巧迂回分割围歼"呢，那就是《奇袭白虎团》定了。狗东西翻来覆去地就唱这两句，不由你不往别的地方去寻思，同时也就想起了那晚上的某些小镜头。

李参谋搂着女辅导老师看了三分之一还不到，女老师喘气开始不对头，那孩子也开始乱闹腾，她仰起脸对着李参谋的耳朵说了句什么，两人即带着孩子离去了。

电影散了，熄灯号吹了，我还须继续把岗站。晚上站岗正规连队是一小时一班，干校人少，就两小时一班。这里面的优惠是第二天上午可以将那两小时给补回来，睡觉也行，干别的也行。天很热，那干打垒的房子前后窗子都开着。我在那里走来走去，听得见各个房间里面的各种声音，或窃窃私语，或哈欠连天，甚至辗转反侧的声音也能听见。

夜晚独自来站岗，特别容易联翩想。想起站岗不站二班岗，当官不当司务长，就觉得头班岗还是不错，躺下也不能马上就睡着；与其躺下睡不着，还不如到这里来巡逻；想起小迟说的那个严平要把我搞到手，咱竟一点也没察觉；过会儿又想我家乡的对象也不错，端庄聪慧心热烈，最近的来信是定婚期，年底定把那婚来结。

我在那里来巡逻，突然一阵特想家。每一天太阳都要落，每一天我都想回家，你只看到我散漫的脚步，不知道我正心乱如麻。柳某人在此把岗站，想起那过去的事泪意潸然，咱只是为老金说了句公道话，却不想进干校就受番折磨。虽然进干校是我自己申请，领导上也没有认真掌握。趁夜晚出奇兵突破防线，猛穿插巧迂回分割围歼；孩儿我虽死无遗憾，只是那笔账目未还我的心不安……妈的，想混了。

咱正在那里溜达着胡思乱想，突然发现第二排房子最头儿上一处窗户外边的黑影里有一个人在鬼鬼祟祟地偷听窥视，我刚要喊一声谁，就见那人朝我招了招手。待走近一看，你猜是谁？对了，是狗日的张景芳！

我问张景芳，你是一直没睡呀，还是刚起来？

他稍稍尴尬了一下，刚、刚起来！

我说，起来就为了听这个？

他说，哪里啊，我起来接你的岗呀！

我这才想起下一班确实是他的岗不假，我说，你还怪主动哩，别人都是叫岗的。

他说，所以站岗不站二班岗嘛，与其刚睡着让你叫起来，还不如压根儿就不睡。

我说，现在我向你交岗，你狗日的再去好好听吧！要让人家发现了，狗腿不给你砸断的！

他嘻嘻地笑笑，哪能呢！

八

噢，我前边说这地方遍地野草高的是芦苇不对了，高的还不是芦苇哩，而是蒲草，可以做蒲席和蒲鞋的那种。它们的叶子相似，但花儿不相同，芦苇开芦花，蒲草结蒲棒。蒲棒这东西晒干之后会自动散开，叫作蒲绒，可做枕头或褥子。

大老黑发现一处蒲草长得特别壮的地方，星期天的时候就约我们去砍蒲棒。陈处长大概顾忌自己的身份，不去；张景芳则说他们那里不兴用蒲绒做枕头，而只认黄豆皮或荞麦皮，也没去。这样就只有我和小梁、小迟跟他去了。路上我问她俩，你们也想用这玩意儿做枕头啊？

她俩都说，我才不要那玩意儿呢，去玩玩儿！

好大的一片蒲草林，青纱帐般的，一棵棵顶着硬邦邦的小棒槌，在微风中摇晃着撞击着发出啪啪的声响。此前我还不知道这玩意儿是长在水里的，而且越是水深的地方，蒲草就越壮，蒲棒也更大，有的甚至比高粱棵子还高还粗。我和大老黑就下了水，砍高粱穗似的，拿刀子割了之后扔给田埂上的她二位。

小梁说，没有蛇吧？

大老黑说，一朝被蛇咬才十年怕井绳，你还没被蛇咬就吓破胆了？我才不怕那玩意儿呢，看见就让它跑不了。

小梁嘿嘿着，嗯，有你在这里是格外安全不假。

不提蛇的事情，我还敢放心大胆地往里走，一提蛇，反倒不敢进了，只在浅水处砍小一些的蒲棒。而大老黑，专拣大穗的砍，且动作熟稔，仿佛老干这个似的。小梁以一种欣赏的口气说，瞧大老黑，一看就是把过日子的好手。

大老黑说，农民出身嘛，干这个还不是小菜一碟？

砍着砍着，不知怎么就自由组合自然分工了，大老黑砍的扔给小梁，我砍的扔给小迟。一转眼大老黑又不见了，小梁喊着他的名字沿着堤岸也往深处去了。

我说，你看着大老黑傻大黑粗，其实他心灵手巧，什么都会干，会改炉灶，会打家具，会粘贝壳台灯座，还会钓鱼，一样去钓鱼，他都钓好几条了，咱就一条也钓不着。

小迟笑笑，这与气质也有关，你让我钓鱼，我也钓不着；有的人还特别能捡钱包，隔一段就捡一个，我就从来没捡到过。

我说，我也没捡到过。

小迟说，各有各的特长，你能干的事情，大老黑也干不了，你要让他写篇文章，也能愁死他。

我说，会写点小文章对过日子无益，还是大老黑这样的人会生活一些。

小迟说，我就是最不会过日子的人，你们都叫我分光吃光不是？

我说，我可没管你叫这个，你所谓的分光吃光其实应该是大方，这大概与家庭条件和生活水平也有关，他穷得叮当响，想大方也大方不了。

这么说说话话的，我砍着，她接着，突然就有我挑水来你浇园的那么种气氛和感觉生出来，我稍稍不自在了一会儿，说是，哎，大老黑跟小梁怎还不回来，别走丢了；这么深的青纱帐要迷了路可是麻烦。

小迟说，刚才你还说大老黑会生活呢，他能走丢了？我看他两个是有意为之！

我说，怎么个意思？

小迟笑笑，没什么，我只是瞎猜而已。

我说，不可能呀，他两个能有什么事儿？

小迟说，我也没说一定就有事儿，小梁对他的印象可是太好了。说整个技术部还就是大老黑像个男子汉！那天小梁让蛇吓了一下，是他最先跑过去安抚她的吧？

我说，你要让蛇吓一下子，他也会跑过去安抚你的。

小迟说，那天张景芳说了那番话，你瞧大老黑恼的！

我说，张景芳也确实不像话，哪壶不开提哪一把！

小迟就说，你特别能给别人打掩护是不是？你是故意的还是就这么个认识水平？

我说，我水平不高不假，就像人家说的，脑袋掉了还不知道怎么掉的，让人家卖了还帮着人家数钱！

小迟说，我看你不是水平不高，而是朴素的感情，善良的心眼儿，总把人往好的方面去寻思是不是？

我说，这是我近年听到的最好的话了，你可要负责任呀，领导上批评我的时候我可要引用，啊？到时可不兴不承认的。

小迟就笑了，到时就怕你不敢引用，你若真出了事儿不引用倒还好，引用了就让你罪加一等。

我说，哪有这么严重！

过会儿，小迟又说，哎，你砍这玩意儿上瘾是不是？砍这么多干吗呀？你们真想用这玩意儿做枕头芯呀？

我说，做枕头芯怎么了？商店里卖的就是这玩意儿做的！

小迟说，这玩意儿枕个半年六个月的还行，时间长了它绝对要变成细末末儿，无论你用几层布它都会渗出来，弄得你头上脸上的都是这玩意儿，洗都不好洗。

我说，你还怪懂哩！

小迟说，你上回提到的那个又馋又懒的林红，原来的枕头芯就是这玩意儿做的，睡一觉起来你看吧，就跟从磨面房刚出来似的，满头的白粉。

我说，嗯，你这么说也有道理。

小迟又说，你们准备做多少枕头芯呀？打算卖咋的？找个引子出来玩儿玩儿就是了，你还认了真呢！别砍了，坐下说说话话。

我们即坐到蒲草林外的田埂上了。稍稍不自然了一会儿，小迟说，小梁失了恋确实也需要安抚一下。

我说，是她蹬的人家，又不是人家蹬的她，安抚什么？

小迟说，这你就不懂了，女孩子要是压根就没谈过呢，她可能也不会失落什么的，一旦谈了又散了，无论什么原因她心里还是要空荡荡的，得到了又失去了，跟从来没得到不是一回事儿。

我说，你还怪有体会哩！

她即打我一下，去你的，这哪里是我的体会，是听别人说的；哎，上回我说我会跳芭蕾你有点不信是不是？

我说，是有点不可思议不假，这么个胖乎乎的妮子怎么能跳得了那玩意儿？

她忽地站起来，说好，我现在就跳给你看看，只可惜好长时间不跳了，地也不平，也没有舞鞋，你看出那么个意思来就行了，不准笑话我的！啊？

我说，哪能呢！

她将裤腿儿挽了一下，即一下立起来了，确实就是只用脚尖着地的。她的两腿紧绷，两手高举，两脚不停地移动着，将地钻出了两行小窟窿，她在那里移动了一分多钟，将我震得了不得。我鼓着掌说，好了，我信了，一看就是练过的，而且基本功很扎实！

她意犹未尽地，我再跳一个高难度动作给你看！说着就跑了几步，一下跳起来，同时将身子尽力往后边抬起的那只脚上靠去！虽然腾空的高度还不够，但意思到了。又将我震得不轻，呀，倒踢紫金冠！我继续鼓着掌，这就不仅仅是基本功扎实了，而是达到了相当的水平！

她喘口气，擦把汗，笑一下，现在你知道我为什么发胖了吧？凡是练过舞蹈的，一停下来非发胖不可。

我说，你胖得还是比较……北京话怎么说来着？叫瓷实是吧？总之是没有肥的那种感觉！

她甜甜地笑着，真的？

我说，那还有假！

她搂着咱的肩膀说着"咱们两个就互相表扬吧"就坐下了。很自然、很亲切的那么种神态。

那一会儿，咱对她就不单是一种惊羡，同时也非常感动与感激，你享受过一个女孩子单独为你跳舞的那种感觉吗？那是跟在剧院里看节目完全不同的两种感受。此后我每当看到《英雄儿女》里面王芳冒着炮火为那两个老炊事员唱歌的镜头，我即想起她，迟丽娜！当时那两个老炊事员也热泪盈眶不是？我差不多也是那么种心境，而且还多出另外的东西，想为她做点什么。

我好像是问她只用一个脚尖着地在那里滴溜溜转的动作叫什么来着，她说着那叫金鸡独立那就需要配合了什么的，就将咱拽起来了。她让咱牵着她的一只手，高举过头顶，就那么转起来。估计是地太松软的缘故，转了没两圈儿就歪倒在咱怀里了。

一群野鸭从不远处的蒲草里飞过来，扑棱一下，声音不小，我们赶忙分开了。少顷，她脸儿红红的，眼里也似乎含着泪，说是我知道这是不可能的。

咱心里扑腾着在那里穷嘟囔，我心里很、很矛盾，真的很矛盾！随后即将我的些事情跟她实话实说了。

我们又坐到了田埂上的蒲草林荫里。我给她讲了如下的故事：

1948 年，一位土改工作队的曹同志住到了我家，她与我那个当村长的大姐结下了姐妹般的友谊；后来曹同志当了乡长并与抗美援朝回来的一位团副政委结婚的时候，也是结在我家的。他二位结婚的时候年龄就不小了，当然就特别喜欢孩子。我那时很小还不记事儿，听老人们说他二位当时欲收我做干儿子，我大姐乃一地道的农村姑娘，有着传统的思想观念，说她就这一个弟弟做你们的干儿不行，你们以后有闺女的话做你们的女婿嘛还差不多。曹同志与我大姐击掌为约说就这么定了，遂指腹为婚，将她可能有的女儿许给了我。不想曹同志的第一个孩子还真是女儿，也是在我家生的。那么一句可能是玩笑的话，我大姐就当成了真事儿，认认真真地给她伺候月子，拿她的女儿也真当成了自己的小弟媳。曹同志后来随她丈夫调走的时候，我那个小未婚妻已经三岁了。多少年过去了，这中间两家曾一度失去了联系，不想前几年知识青年上山下乡，曹同志的女儿竟下到我家去了。我上次回家休假的时候就将这事儿定下了，她告诉我她对我家乡的山山水水好像一直很熟悉，也像一直是从这个家里长起来的似的。而我那未来的岳父岳母现在仍然靠边儿站。在这种情况下，你说我该怎么办呢？

小迟的眼泪就下来了。说了一番我很真诚而她很感动绝不会影响我们的话，同时也让我理解，她是个非常缺乏爱的女孩子，特别希望有人喜欢她，爱她。而后说是，我不让你作任何的承诺，但我希望你爱我，行吗？

我说，我愿意为你做任何事情的。

她即吻了我一下，说一言为定，这事儿只放在她一个人的心里；回到部队也绝不让任何人看出来，绝不给我造成任何影响什么的。咱的心里就热乎乎的，紧紧地搂了她一下。

我们在那里说说话话地等了那么长时间，还没见大老黑和小梁的影儿，我说，看来你的分析判断是对的！

小迟就模仿着我的话说，那还有假？

待我们背着蒲棒往回走的时候，小迟说，这个熊地方是容易发生点故事不假。过会儿又说，哎，你那会儿管我叫什么？

我说，哪会儿？

她说，我要跳舞的那会儿，你说看不出胖乎乎的个什么？

我笑笑，胖乎乎的个妮子呀！

她将脑袋歪在咱的肩上，嗯，我喜欢你叫我妮子，再叫我一声！

咱叫了，她就又亲了咱一下。

我们回去了好长时间大老黑和小梁才回来，还在院子里大老黑就咋呼开了，晚上改善生活、改善生活！

我们都窜出来，就见他二位一人提溜着一只手帕，里面竟全是野鸭蛋！大老黑说，没想到稍微往里一点，就有这玩意儿！简直是捡不胜捡啊！

我一下记起，当时是有几只野鸭飞出来的，我看一眼小迟，小迟将嘴一撇。

大老黑将野鸭蛋递给张景芳说是余下的事情是你的了，看你这生活委员晚上能不能给咱们加个菜。

张景芳接过来说是，收获不小、收获不小，嗯。

晚上我们吃着炒野鸭蛋的时候，大老黑说，来干校这么长时间，还就是这个菜好吃！

我说，这一天过得也不错。

小迟脸儿有点红地笑笑；小梁不知怎么脸上也红了一下。

九

后来的日子就不怎么难过了。我们砍的蒲棒晒干之后，小梁与小迟每人给我们做了个枕头芯，还没用了，陈处长就都送给了他那个作战部的同学。

张景芳说他那里不兴用这玩意儿做枕头的，可做好了给他的时候，他还是喜滋滋地收下了。

这中间我当然也与小迟约会过一两次——那样的环境里面真的是很容易发生点什么的，但也仅限于拥抱亲吻之类。因为有了她希望我爱她的央求，吻也是纯洁的吻，没有另外的含意及进一步的举动。有时也会困惑。特别当她情意绵绵的时候。那时我即体会到爱情是不可以分配的，你以为话已经说到前头了，分寸感掌握好了，不会给他人造成伤害，其实不可能，爱情永远不可能只保持在一个水平上，它很容易就会得寸进尺。好在有一次她要看我未婚妻的照片，当我从衣兜儿里往外抽的时候，她还故作轻松，说是嗬，还真是随身携带呀！可她看了之后，即半天没说话。我说怎么了？她即脸红红地说，她比我想象的还要年轻漂亮、端庄秀丽，在她面前我真的是自惭形秽的，你好好爱她吧！此后便再没有让我后怕的事情发生，剩下来的就只是友谊了。

三个月总算熬到头儿了。场部要求各班都要写出书面总结，陈处长让我做记录。大伙就一致称赞干校工作做得好，伙食也好，全体学员受教育大，弄清了儒家和法家；干校三月，胜读十年马列。我说可惜三个月时间太短了，没等锻炼够的就完了，建议下一届将时间延长到半年。

大老黑说，这个建议好，嗯，你写上。

陈处长也说，这个建议挺好不假，写上也行。

大老黑提出，还是把他这里的炉灶改成那个马蹄型。

张景芳就说他，狗肚子里盛不了二两香油，有那么点小本事到处显熊能！

陈处长就说，煤还是要节的，他们又不是坏人，当然咱们也坏不到哪里去，都不容易就是了；再说咱们才在这里待几天，他们却长年在这里，还是给他们留点想头儿吧！

小梁和小迟则都说了这么个意思：干校三月，苦是苦一点，但心里痛快，关键还是大老黑说的，心态平静，心理平衡，懂得了什么叫生存默契。哎，这些话你可别写上啊柳干事！

我说，那当然，这么深刻的东西怎么能写到这上头！

回到部队之后，当年的年底小迟和张景芳就转业了。他二位走的时候，我还去火车站送他们来着。我们互相叮嘱着好好珍重啊，自是一番感慨与伤感。

第二年，大老黑与小梁也转业了。他二位还真就有了点意思，各自受了点批评，就回家了，他们走的时候，我也去送他们来着，去火车站的路上，说起头年送张、迟二位的事，我说了一句这两年净送黄埔二期的战友们了，今日我送侬，来日谁送我？他二位就也伤感起来。

第三年，陈处长调走了。海军某部成立计算机指挥中心，他调到那里干中心主任去了，算是平调。没有退一步进两步的奇迹发生。

我是那批干校学员中最后一个转业的。这些年我常想起大老黑当初说的都不是什么好东西的话，就觉得那确实是当时人们对我们的一种看法、一种印象不假。

当然，我也依然将事物往好的方面去寻思：不把自己当好东西，真的是有利于我们小人物心理平衡、心态平静、互相关照的。